とむらう女

The Shrouding Woman

ロレッタ・エルスワース
代田亜香子 訳

作品社

とむらう女

目次

とむらう女

死の翌朝の
家のざわめきは
地上で演じられる
おごそかな仕事

心情をはらいのけ
愛をわきに押しやる
そして二度ととりだそうとは思わないだろう
永遠《えいえん》に

——エミリー・ディキンソン

パパのお姉さん

その人がうちでくらすようになったのは、あたしが十一歳のときだった。妹のメイは、五歳だ。その人は、あたしたちが住むミネソタ州の西のほうからきた。ミネソタ州では、夏は大草原《プレーリー》がきまって何度か火事になり、冬は寒さがきびしくて、よほどたくましくないと生きていけない。その人は、あたしたちの白い小さな家に、四輪の荷馬車《にばしゃ》でやってきた。もってきた緑色のかばんには、いなか道でまいあがった土ぼこりがびっしりついていた。つばの短い丸い帽子に黒い髪《かみ》をたくしこみ、目の細かいネットを顔の前にたらしている。パパのお姉さんだけど、会うのははじめてだった。見おぼえがあったのは、その人とパパを描《か》いた木炭画《もくたんが》を見ていたからだ。パパたちが子どものころの絵で、ふたりとも髪の色がうすくて、しかめ面《つら》をしている。その人が「おとむらい師」と呼ばれているのはおぼえていた。パパがお姉さんの話をするとき、その言葉《ことば》をつかっていたからだ。意味はわからなかったけれど、人の死と関係があるんだろうなとは思った。ママを亡《な》くしたばかりなのに、人が死ぬ話なんかききたくない。だからその人がやってくるとき、あたしはメイをつれて家の正面の踏み段の下にかくれて、背の低い二本のクワの木のあいだにある板のすき間からこっそりようすをうかがっていた。

パパがいそいで外に出ていったのが、音でわかる。大きい木のドアがギィーッときしんで、バタンと閉まる。パパのごついブーツが、あたしたちの頭の上を通りすぎていく。パパが手を貸して、その人は馬車からおりた。片手に聖書《せいしょ》をにぎりしめ、かばんは肩にかけている。

その人はパパと同じで、横に広がった鼻をして、肩ががっちりしていた。目は、黒いネットのせいで見えない。背が高くて、パパとほとんどかわらないくらいだ。パパをぎゅっと抱きしめると、ママはすてきな女性だったとか、手つだいにかけつけられなかったのが残念《ざんねん》でならないとかいった。パパはだまってうなずくと、緑色のかばんを家のなかに運んでいった。

「イーヴィ、メイ、出ておいで。フローおばさんにあいさつしなさい」パパが呼んだ。メイは出ていこうとしたけれど、あたしはしーっといって引きとめた。

メイが、心配そうな顔でぱっとこちらを見る。ムチで打たれるのがこわいからだ。パパはいつも、メイのことは強く打ったりしないけど。

「あのふたり、いったいどこをほっつき歩いているんだろうな。まあ、そのうち帰ってくるだろう」そして、パパがフローおばさんをつれて家に入る音がした。

あたしは、指をいっぱいに広げて土をぐっとにぎりしめた。「ママだったら、あたしたちが踏み段の下にいるってわかってくれたのに」あたしはメイにいいながら、クモが寄ってこないように数か所に積み重ねておいた石を見まわした。

あたしたちは、長いことそのますわっていた。メイは長い棒《ぼう》で土に絵を描いた。かがみこんで小声で鼻歌《はなうた》をうたうメイのぼさぼさのブロンドが、黒い土とまざりあう。あたしはひんやりした暗がりにすわって、熱い風がプレーリーをふきぬけながら背の高い草をそっとしならせていくのをながめていた。

そういえば、ママが亡くなるちょっと前にいってたっけ。あたしがおでこをふいてあげてるとき、青白いくちびるで必死《ひっし》にしゃべっていた。「イーヴィ、フローおばさんを大切にして、仲よくするのよ。おばさんは、ママのかわりにあなたとメイのめんどうをみてくれるんだから」

病気が長引いて苦しそうなママの姿が、あたしの心にまだはっきり残っている。あたしは踏み段の下にすわったまま、ママのことを思い出し、考えた。おとむらい師なんていう人といっしょに、どうやってくらしていけばいいんだろう。

フローおばさん

夕ごはんが近くなって、メイとあたしは家にもどった。パパ、おこってるかもしれないな。ほんとうならもうあたしたちは、お湯をわかしたり、地下の食料置き場からジャガイモをとってきたりしている時間だから。うちでは、冬じゅうと春のはじめのうちは、パパが野生の七面鳥《しちめんちょう》やウサギをしとめなければ、塩漬《しおづ》けポークと乾燥《かんそう》ビーフを食べる。六月のはじめともなると、地下には食料があんまり残ってないし、あとひと月しないと庭から作物もとれない。ところが、裏口から入っていくと、ぷーんとおいしそうな香りがただよってきた。

「うぅーん。パンが焼けるみたいなにおい」メイはいって、息を深くすった。

フローおばさんは、ママのエプロンをして、こんろの上でぐつぐつ煮えているブラウンシチューをかきまわしていた。それから手をとめると、おでこの汗をぬぐった。

「ハンス、もう少したきぎをもってきてくれる?」

パパは、のんびりした笑みをうかべて、楽しそうに口笛をふきながら歩きだした。あたしたちの前を素通《すどお》りしそうになったけど、こちらをぱっと見てウィンクすると、裏口から出ていった。

メイとあたしはその場につったったまま、このみょうなおばさんをながめていた。あたしたちが裏口の近くでじっとしているのに気づいてもいない。ママとちがって、体が大きい。ママはいつもエプロンのひもを細いウエストで大きなリボン結びにしていたけれど、それでもはしっこが余ってたれていたのに。この人は黒い髪《かみ》を頭のてっぺんでひとまとめにしていて、大きい顔がよけい丸っこく見える。左右大きさのちがう耳が、ぴょんとつきだしている。

おばさんがはいている黒い靴は、ママの二倍くらいの大きさがあった。こんろからテーブルにむかってのたのた歩く姿が、やけにぶかっこうに見える。

ふいに、おばさんがふりかえってあたしたちに気づいた。そのまま長いこと、じっと見つめている。メイは、あたしのスカートに背中を押しつけた。

「イーヴィとメイね。フローおばさんよ。メイ、お父さんそっくりねぇ。イーヴィは、亡《な》くなったお母さんに生き写《うつ》しだこと」しゃべり方がパパに似ている。声にいかめしさがあるし、ドイツ語ふうのアクセントがはっきりわかる。フローおばさんは、かがみこんで、あたしたちをぎゅっと抱きしめると、ひとりずつほっぺたにキスをした。

おばさんの目は、思っていたより親しみやすく見えた。あたしが想像していたのは、黒い服を着た燃えるような赤毛の女の人だった。でもおばさんが着ていたのは、青いギンガムチェックのワンピースで、えりは白くてぱりっとのりがきいていた。しわのよったやわらかい肌はあったかくて、マンサクの木のにおいがした。緑色の目が、パパに似てる。だけどあたしは、どうもしっくりこなくて、メイをしっかりつかんではなさなかった。

フローおばさんは、ふぅーっとため息をついた。「お母さんが亡くなる前に来たかったけれど、うちのほうは月に一回しか手紙が来なくてねぇ。そんなに具合が悪いと知っていたら、もっと早く出発していたのに。セントポールまで列車で行ってから、ウィノーナまで乗合馬車《のりあいばしゃ》に乗って、そこから荷馬車で来るしかなかったの。お母さんのおとむらいの準備もできなかったなんて……残念《ざんねん》でしかたがないわ」おばさんは首を横にふった。「夕ごはんを用意しちゃうわね。明日になったらいろいろ教えてちょうだい。農場《のうじょう》も案内してほしいわ」

　おばさんが夕食用のお皿をとろうと手をのばしたから、あたしは前に立ちはだかった。

「テーブルのしたくはメイがするから」あたしはお皿をとりながらいった。

「まあ、そう。家事当番があるのはいいことだわ」おばさんは、メイににっこりした。

メイも、恥ずかしそうにニッとした。

　パパがたきぎをとってもどってきて、おばさんはジャガイモ料理と小さいパンと乾燥ビーフ入りのとろりとしたブラウンシチューをこしらえた。

「六月のはじめにしては、トウモロコシがよく育っているわ」おばさんは、食卓《しょくたく》につきながらパパにいった。「今年は作物のできがいいのね」

　パパはうなずいた。「去年は、トウモロコシのほかに、二十エーカーの畑で十六トンの小麦を栽培したんだ。今年は五トン上乗せするつもりだよ。手つだいの男をひとり、雇ったしね。そうでもしなきゃ、とても畑をやっていけなかったから。もっとも最後のほうは、イーヴィがよく助けてくれたよ」

　パパのいう「最後のほう」というのは、ママの病気のことだ。ママはおばさんに、早くいっしょにくらしてほしがっていた。自分が死ぬ前にあたしたちがおばさんに慣れるように。だけどパパはずっと、ママが治るようなことをいっていた。ママの脈がすごく弱々しくなってきたから、あたしは三日間、解熱剤《げねつざい》のキニーネ入りのお茶をのませつづけた。それをのむと、ママはいらいらしたけれど。そのあと、パパは町に行ってママが前からすてきだといっていた帽子を五ドルも出して買ってきた。そのとき、ママはもうすぐ死んじゃうんだと思った。その二日後、パパは十四ドルもはたいて杉の棺《ひつぎ》を買うことになった。

「せっかく神さまが家族全員をジフテリアからお守りくださったあとに、肺病で亡くなるなんてねぇ」おばさんは悲しそうにいった。

パパはうなずいた。二年前、ミネソタ州じゅうでジフテリアが流行した。うちの家族はだれもかからなかったので、運がいいと思っていたところだった。

パパとおばさんは、寝る時間をすぎてもおしゃべりをしていた。あたしがきいたこともない人のこととか、おばさんが生まれた「祖国」ドイツの話とか。とうとうメイとあたしは、だれにもお祈りをきいてもらえないまま、勝手にベッドに入った。

その夜は、ママのお葬式《そうしき》のことを思い出してなかなか眠れなかった。

ママが亡くなったとき、メイとあたしはパパにいわれて、いちばん近い親せきの家に行かされた。そのあいだに、教会の女の人がふたり、ママの遺体《いたい》を埋葬《まいそう》するしたくを手つだいに来た。そのつぎの日、ママはいちばんいいワンピースを着せられて、棺のなかに寝かされていた。棺はうちのリビングの壁いっぱいの長さがあって、ママのロッキングチェアがわきに追いやられていた。ママは、ちっともママらしく見えなかった。あたしの知ってるママじゃない。

お葬式のとき、あたしは一回しかママのことを見なかった。そしてそのまま、その場をはなれた。泣けなかった。ただだまって、庭にすわっていた。近所の人たちが食べ物をたくさんもってやってきて、しきりにメイとあたしのまわりをうろうろしていた。かわいそうに、という目をして。

ママを埋葬したのは、寒い雨の日だ。メイはママのお墓のまわりをスキップしてまわっていた。パパがわからせようとしたのに、ママがもうもどってこないのが理解《りかい》できずにいた。二週間後、メイは、ママが朝ごはんにホットケーキをつくってくれないといって泣いた。

そしてフローおばさんがやってきて、ママはもういない。その日の夜、お祈りをするとき、あたしがママのために祈りますというと、メイはフローおばさんのためにといった。

「ママのこと、忘れちゃだめでしょ」あたしはメイをしかった。

「忘れてないよ。ただ、フローおばさんも入れただけ。これからはおばさんがいろいろしてくれるんだもん」

「あたしは、あの人とそれほど仲よくするつもりはないから」あたしはぴしゃりといった。

「なんで？」

「あんたは気にしなくていいの。あたしたちにはパパがいるし、それでじゅうぶんでしょ。それは忘れないで」あたしは寝返《ねがえ》りを打ってメイに背をむけると、上掛けをがばっとつかんでかぶった。

おばさんの木箱

　つぎの朝には、メイはあたしがいったことなどけろっと忘れて、すっかりフローおばさんにとりこまれてしまった。太ったおばさんのうしろをついてまわって、迷子の子ネコのようにキッチンをちょこちょこ歩きまわりながら、どこに何があるか教えてあげている。おばさんを家族の一員だと思ってるみたいだ。おばさんが朝食につくってくれた蒸しパンを、まるでママのよりおいしいみたいにほめちぎった。

　そのあとおばさんは、メイの髪《かみ》を編んでやり、ギンガムチェックのワンピースをつくってあげるといった。あたしはせっせと刺繍《ししゅう》をしながら、ふたりのほうをむっとした顔でちらちら見ていた。

「お姉ちゃんのは？」メイは、あたしを指さしてたずねた。

「イーヴィにもつくってあげましょうか？」おばさんがいった。

「いいえ、けっこうです」あたしは、こわばった声でいった。「ママに去年、緑色のワンピースをつくってもらって、すごく気に入ってるから」あたしはしゃべりながらメイをにらみつけたけれど、メイはあたしがおこっているのに気づいてない。大はしゃぎで、おばさんを外につれだして、いろいろ見せてまわっている。ザリガニを見せるために小川に行き、それから庭に行った。

あたしは何があろうと少しはなれて背をむけていたけれど、ふたりの話はしっかりきいていた。

「前はママの庭だったんだけど、いまはお姉ちゃんのなの。今年は、ママが病気だったから、お姉ちゃんがひとりで種を植えたんだよ」メイがいった。

「ほんとうにすてきな庭だこと」おばさんは、やけに大きい声でいった。「イーヴィもさぞかし自慢《じまん》でしょうねぇ」

メイはおばさんの手をにぎった。「フローおばさん、こっちこっち。いつもブルーベリーをつみに行く場所を教えてあげる。去年なんか、ものすごくいっぱいつんだんだよ。パパが、そろそろ熟《じゅく》すころだっていってるの」

もうがまんの限界だ。あたしはむっつりして家のなかにもどった。メイなんか、ブルーベリーを食べておなかをこわしちゃえばいい。


その日の夕食に、フローおばさんはおばあちゃんから教わったという甘いパンを焼いてくれた。シナモンの香りがあたりにただよって、どのパンからもやわらかいブルーベリーが顔を出している。パパはキッチンに入ってくるなり、すーっと息をすいこんだ。

「子どものころを思い出すなあ」パパはにこにこしている。

あたしはちょこっとかじると、顔をつんと上げてまずそうにのみこんだ。メイとパパはぜんぶ平らげて、指までなめている。

「荷物をほどくのを手つだってくれる？」おばさんが、夕食のあとであたしたちにいった。

あたしは「いや」といおうとしたのに、メイはさっそくおばさんのあとにくっついていった。編んだ髪をつかんで引き止めたいけれど、そんなことをしても、あたしのいうことなんかきかないだろう。メイってば、どうしてあんなにはしゃげるの？　ママが焼いてくれるトウモロコシ粉のパンがどんなにおいしかったかとか、メイが野原に咲いている黄色いスイートピーを食べて気持ち悪くなったときにママが背中をさすってくれたこととか、もうすっかり忘れちゃったの？

メイはおばさんといっしょに部屋に入っていったけど、あたしはもともと自分のものだった部屋のドアのところでぐずぐずしていた。あーあ、パパは家畜《かちく》の世話をしに行っちゃったし……。

あたしはドアのあたりから、おばさんが緑色のかばんのなかみをとりだすのをのぞいていた。服はほとんどもってきてないし、おしゃれなものも色がきれいなものもない。どう見ても使い古しの髪どめを、まるでこわれやすい磁器《じき》でできているみたいに大切そうにベッドの上においた。それから、おばさんは小さい木箱をとりだして、メイに手わたした。

「メイ、この箱をベッドの下に入れてくれる？　ただし、ていねいにあつかってね。大切なものだから」

メイはその茶色い箱を、そーっとベッドの下に入れた。かざりもなんにもない松の木でできた箱で、へりがでこぼこしているし、ふたがちゃんとはまってない。手づくりみたいだ。何が入ってるんだろう。死んだ人と関係があるものかな。あたしはメイをこっちに引っぱってきたくなった。フローおばさんにも、そのわけのわかんない箱にも近づいちゃだめ、といって。

「ほかにお手つだいすること、ある?」メイがはりきってたずねた。

「幸運《こううん》の羽根《はね》のおき場所を決めてくれる?」おばさんはカモの長い羽根を一本、メイに手わたした。明るい青と白のしまもようで、先っぽが黒い。

「これ、ほんとに幸運をよぶの?」メイがたずねた。

「もちろんよ」おばさんは答えながら、かばんから服をとりだして、ママのたんすにしまった。

「ここにしようっと」メイはそのふわふわした羽根で両手をこちょこちょしてから、たんすの前のあたりにおいた。それから長いこと、その羽根を見つめていた。「ママが病気になったとき、うちにこれがあればよかったのにな」

おばさんは手をとめて、メイを抱きしめた。おばさんの太った体で、小さいメイはすっぽりおおわれた。

「ほんとうにそうね、マイン・キント(わたしの子)」おばさんは、たまにパパも使うドイツ語でいった。

メイはおばさんを手つだって、残りの服をぜんぶ、ママのたんすにいれた。パパが、あたしが使っていた部屋に運びこんでおいたものだ。あたしは、屋根裏《やねうら》部屋をメイといっしょにつかわなければいけなくなった。

おばさんが、あたしが廊下でうろうろしているのに気づいた。「イーヴィもいらっしゃいな。手つだってくれる人がふえるのは大歓迎《だいかんげい》よ」

「むり」あたしは、気づかれたのにあわてて、ドアから遠ざかった。「パパの手つだいをしなきゃ」そして、回れ右をして外にかけていった。

パパは、納屋《なや》のとなりにある家畜小屋で羊にえさをやっていた。うちにはほかに、にわとりが数羽、豚が三匹、雌牛《めうし》が一頭、荷馬《にば》が一頭、雌馬《めすうま》が二頭いる。雌馬の一頭がもうすぐ子どもを産むから、パパが納屋のなかにお産のための場所をこしらえていた。

納屋の裏手《うらて》には、クルックドクリークという小川がうちの土地をくねくねと流れ、そのまま谷までつづいている。二十五キロくらいもはなれているのに、パパは、よく耳をすませばミシシッピ川がごうごうと流れていく音がきこえるという。年に一度、あたしたちはピクニックのしたくをして州境のあたりに行って、川がセントルイスのほうに流れていくのをながめたり、川のむこう岸のずっと遠くにいるウィスコンシン州の人たちに手をふったりして、一日すごす。

あたしは、家畜小屋の囲《かこ》いのほうに歩いていった。羊が何頭か近づいてきて、おねだりするようにメーメー鳴いたので、草をとってやった。白い子羊がお母さんの足元にかけよるのを見て、あたしは心にぽっかり穴があいた気がした。

「パパ」あたしは声をかけた。囲いのなかには入れない。パパが、あたしたちに荷馬を近づけないようにしているからだ。栗毛《くりげ》のベルジアン種《しゅ》ですごくおとなしそうなのに、六百キロ以上もあるから三十キロくらいしかない細い女の子などかんたんにぺしゃんこにされてしまう、とパパはいう。

パパは、飼《か》い葉《ば》おけをいっぱいにすると、囲いのほうにやってきた。

「イーヴィ、どうした？」

どうしよう？　なんていえばいいんだろう？「メイ、ママのこと、忘れちゃったのかな」

パパはしばらく、きこえなかったみたいに地面を見下ろしていた。よく、こうやって何をいおうか考えているんだ、といっている。パパは、うすくなってきた頭をぽりぽりかいた。それから、あたしを見つめた。

「フローは、おまえたちのお母さんのかわりになろうとなんかしていない。だがメイは、たったの五歳だ。母親を亡くすには幼《おさな》すぎる。フローのことをそういうふうに考えてもむりはないよ」パパは、やさしい目をした。「イーヴィ、心配するな。みんな、お母さんのことは絶対《ぜったい》に忘れたりしない。おまえのうすい金色の髪もふっくらしたあごも、お母さんそっくりだ。おまえは、お母さんに生き写《うつ》しだよ」パパはまた、だまりこんでから いった。「フローは、いろんなことを犠牲《ぎせい》にしてうちの手つだいをしにきてくれたんだよ」もっといいたそうだったけれど、パパはそのまま仕事にもどった。

ほんとうはそのまま、パパが羊にえさをやるのを見ていたかった。おばさんのこととか、へんな箱のこととか、おとむらい師ってなんなのかとか、ききたい。だけど、パパはもう話をつづけるつもりはないみたいだ。もともと無口《むくち》で、言葉《ことば》がすらすら出てこない。ママが前に、それがドイツ人らしいところだといっていた。もくもくと、ひたすらはたらく。このあと、あたしはもう、庭で草むしりをするくらいしかやることがなかった。

庭は、うちの裏手にある。納屋の反対側で、プレーリーに面している。パパが、プレーリーとの境目《さかいめ》をはっきりさせるために木の柵《さく》を立てた。動物にニンジンをかじられないように、庭のふちに背の高いヒマワリをずらっと植えてある。あたしは鍬《くわ》を土にいれながら、ママがいっていたことを思い出していた。「庭は冬じゅうずっと、収穫《しゅうかく》という恵《めぐ》みをくれるわ。一年じゅう、食べ物にこまらないわよ」

だから、うちの庭はとても広い。エンドウマメにカボチャ、カブにキャベツ、インゲンマメにジャガイモ、トウモロコシにニンジンを育てている。あたしは毎日ママにくっついて、庭の手入れをした。メイはいつも近くで土いじりをして遊んでいた。ママは、エンドウマメは間隔《かんかく》をあけて植えなきゃいけないとか、ニンジンがどれくらいの大きさになったらとっていいかとか、教えてくれた。

去年のお誕生日《たんじょうび》、ママはあたしにスケッチブックをくれた。

「植物の絵を描《か》きなさい」ママは、あたしがふしぎそうな顔をすると、そういった。

それからママは庭に歩いていって、かがみこんだ。「このエンドウマメをよく見て。どんなふうか観察《かんさつ》して、絵を描くのよ。あと、気づいたことをぜんぶ、メモしておくといいわ」

あたしは庭の植物についていろいろ記録《きろく》すると、プレーリーに咲いている植物も観察して、スケッチしながら名前をおぼえていった。あっというまに、何百もの植物の名前がわかるようになった。野生の七面鳥《しちめんちょう》がおうちにしている背の高いインディアングラスから、花をつける部分がさかずきの形をしたかわったアネモネまで。虫が植物を食べるのはいつごろかとか、日照《ひで》りのせいで葉っぱのへりが茶色っぽくなってしまう時期とかも、わかってきた。

「イーヴィ、ずいぶんいろいろおぼえたのね」ママが、病気になったあとでいっていた。

「そのうち、ママがイーヴィに教えたように、メイに教えるようになるわ」

あたしは、そんなことはありえないと首を横にふった。でもママは、とりあわなかった。

「ママにはなんでもわかっちゃうの」ママは、春になるといった。「きっとママは、今年の収穫は見られないわ」ママはたぶん、あたしたちよりずっと前から、自分の命が長くないことを知っていた。

あたしは庭を見まわして、涙をぐっとこらえた。ヒマワリが、ママがここにいたときと同じように、すくすく育っていた。

Y字型の小枝

フローおばさんが来て五日後、パパが荷馬車《にばしゃ》に馬をつないで、あたしたちを呼んだ。

「イーヴィ、メイ、おいで。カレドニアに行くよ」

メイが走っていくと、パパは抱きあげて荷馬車に乗せた。あたしは、日差しがそれほどきつくならないうちに草むしりをおえてしまおうと、庭に出ていた。カレドニアはにぎやかな町で、教会が四つと、ホテルがいくつかと、雑貨店《ざっかてん》が一軒ある。あたしは鍬《くわ》をおいて、ワンピースについた土をはらった。ペパーミントキャンディがなめられるかな、と思ってにんまりする。

「何を買うの？」あたしはたずねた。

「釘《くぎ》を数本と、切手と、ほうきだ。あとは、かわいいお嬢《じょう》さんのために、あたらしいくしでも買おうかな」パパがウィンクした。

あたしは、いそいでパパのところにかけていった。

すると、パパがフローおばさんに手を貸して馬車の前の席に乗せているところだった。顔から笑いが引っこんだ。

「あたし、残って庭の手入れをする」あたしはパパにいって、庭にもどろうとした。

パパが、腰に手をあてて近づいてきた。「イーヴィ、ばかなことをいうんじゃない。毎日、庭にばかりいるじゃないか。自分の手を見てみろ。それじゃ、こすってても泥が落ちないぞ。いっしょに来なさい」

「だって、パパ……」

「イーヴィ、来るんだ！」パパがあたしに大声を出すことなんかめったにないから、いうことをきくしかない。

「うん」

あたしはぐずぐずと馬車のうしろの席に乗ると、顔をしかめておばさんのことをにらんだ。この人、ママのたんすだけじゃなく、馬車の前の席まで乗っとったんだ。

町にむかう道すがら、パパはいろんな建物や場所を指さした。あたしたちは、ママが埋《う》められた丘の上の墓地《ぼち》に寄った。お葬式《そうしき》以来《いらい》、来たのははじめてだ。ママのお墓にはもう、あたらしい黒い土の上にクローバーが芽を出していた。メイとあたしは、ママのお墓のまわりにオレンジ色のユリをかざった。ママの好きな花だ。フローおばさんは頭を低くさげて、ドイツ語でお祈りをしながら、パパの背中をさすった。あたしはおばさんがお祈りをしているのをながめていた。なんていってるんだろう？　おとむらいと関係ある言葉《ことば》なのかな？

　パパはおばさんを、南北戦争の兵士が埋葬《まいそう》されている場所につれていった。

「あのおそろしい戦争で、かなりの男手を失った。みんな、ミネソタ州で生まれ育った北軍の兵士だ。おそらくそのうち半数が、戦いのせいではなく、黄熱病《おうねつびょう》で亡《な》くなったんだ」パパはおばさんに話した。メイとあたしは野の花をつんで、手入れをしてくれる身内がいなそうな兵士のお墓におそなえした。

　それからパパは、小さい公園につれていってくれた。つり橋が、ウィネベーゴ川のいちばん狭い部分にかかっている。

「つり橋があるの？　そこでお昼にしましょうよ」おばさんがいった。パパは馬車を、川のほうにくねくねつづいている道にむかって進めた。そして背の高いオークの木の下でとまると、馬を結びつけた。メイは、おばさんを橋のほうに引っぱっていった。

「あそこだよ、フローおばさん」メイは、おばさんの腕にしがみついている。あたしはふたりのあとをぶらぶらついていった。橋は、前にはじめてわたったときはこわいと思ったけれど、すぐに慣れて、メイもあたしもかわりばんこに手すりのロープに体重をかけてわざとゆらしたりするようになった。おばさんは、おそるおそる橋の上に一歩ふみだした。ロープにしっかりつかまって、木の板の上をそろりそろりと歩いていく。メイははげまそうとして、手をつなごうとさしだした。

「どうどう」おばさんは橋にむかって、あばれ馬をなだめるみたいにいった。「ちょっとばかり、高いわねぇ」

おばさんがおじけづいているのを見て、あたしはふいにいじわるな気持ちになり、橋にぴょんととびのった。ゆさゆささせてから、左右に大きくゆらす。おばさんは、ひしとロープにしがみついて、小さい悲鳴《ひめい》をあげた。

「お姉ちゃん、フローおばさんがこわがってるでしょ！　おばさん、はじめてなんだからね！」メイがあたしに大声でいった。

「ごめんなさい、フローおばさん」あたしは、あざ笑っているみたいな声でいった。

おばさんは顔をしかめて、もどってきた。

「やっぱり地に足がついてるのがいちばんだわ」そういって、橋の近くのベンチにほっとしたようにすわりこんだ。「ふたりはいってらっしゃい。わたしは見ているわ」

あたしはメイの先に立ってぴょんぴょんとわたっていった。メイはゆっくり、おばさんのほうをふりかえりながら歩いてくる。むこう側につくころには、メイはしかめ面《つら》をしていた。

「お姉ちゃん、おばさんをわざとこわがらせたでしょ」

「そうだよ」あたしはあっさりそういって、スキップしながらもどりはじめた。

「いじわるイーヴィ」メイの声が追いかけてくる。「お姉ちゃんなんか、いじわるイーヴィだ！」

メイに何をいわれようとなんてことないけれど、おばさんのやさしい笑顔を見ているとへんな気分になった。あたしのこと、おこってると思ってたのに。あたしは橋のはしっこに突っ立って考えていた。なんで？　なんでおこった顔をしてないんだろう？

パパが馬をつなぎおわって、おばさんのとなりにすわった。いじわるしたことを告《つ》げ口《ぐち》されたらどうしよう。だけどおばさんは立ちあがって、並んでいる木の下を歩きながら地面を見つめている。

「フローおばさん、何してるの？」メイが走って近づいていった。

「枝をさがしているのよ。手つだってくれる？」

メイは長い枝をつかんだ。「これは？」

「うーん、いまひとつねぇ。もっと短くて、フォークみたいにわかれているのをさがしてくれる？　ほら、こういうのよ」おばさんは、十センチたらずの枝をひろいあげた。ふたまたにわかれていて、Ｙの字みたいだ。

メイは地面をぴょこぴょこ動きまわって、枝をひろってはしんけんな顔でたしかめている。そしてたまに、大声でいう。「あったよ、フローおばさん。これならぴったり」おばさんはにっこりして、メイの頭をなで、枝をポケットにいれる。

ああ、いやだ。あたしはふたりのようすを見ながら思った。だけど、ふたまたになった枝を見つけたとき、思わずひろってしまった。あ、もう一本あった。あたしはそれもひろった。あっという間に、片手がいっぱいになった。

「たき火でもするの？」あたしはたずねた。動きのにぶい虫ならとけちゃいそうな暑さなのに、なんで火なんか燃やしたがるんだろう？

「これはね、おとむらいのしたくをするときに使うのよ」

あたしは思わず悲鳴をあげそうになって、手から枝をばらばらっと落とした。なんで、死んだ人に枝なんか必要なの？

パパまで枝さがしをはじめた。「なあフロー、兵士の遺体《いたい》にかけるとくべつな液体の話をきいたことがあるんだ。戦争中、故郷《こきょう》に運ぶまでもたせるためにね。これからは、兵士じゃなくても、家族がはなれたところにいてすぐに葬式を出せないときに、その液体をつかうようになるのかなあ？」

おばさんは首を横にふった。「想像もつかないわねえ。どっちにしても、だれかしらが亡くなった人の身じたくをきちんと整えてあげなきゃいけないことにはかわりないわ」

「たしかにそうだな。へんな話だよ、まったく」

へんすぎるよ……あたしは思った。

パパが、おべんとうをとりだした。あたしは自分のぶんを橋の上までもっていった。はしっこに腰かけて、足を橋からおろして、一メートル以上も下の川の水につけようとしているみたいにぶらぶらさせた。おばさんとメイとパパが涼しい木陰《こかげ》で笑っている声がきこえる。お日さまがじりじり照りつけて、髪が日に焼けているのがわかる。

おべんとうのあと、あたしたちは町の製粉所《せいふんじょ》に寄った。パパは、会う人会う人におばさんを紹介《しょうかい》した。それからおばさんに、刑務所《けいむしょ》やら教会やらを見せた。四つの教会のなかには、ドイツの教会もあった。それから、〈スペットル・ベーカリー〉にもつれていった。スペットルさんは自分のお店でおいしいパンといっしょに、教会で使う品物を売っている。町じゅうが、おばさんを大歓迎《だいかんげい》していた。

「いいおばさんがいて、よかったな」スペットルさんがあたしにいった。

あたしたちは最後に薬局《やっきょく》にいった。パパはおばさんのために、おとむらいのときに使うとくべつなオイルを買った。大切なお金をオイルに使うなんて、と思ったけれど、だまっていた。メイとあたしはあたらしいくしを買ってもらったし、雑貨屋のフランクさんがペパーミントキャンディをくれたけど、少しもうれしくなかった。

おばさんは片手をあたしの肩に、もう片方の手をメイの肩において、フランクさんとしゃべりながら、フランクさんが樟脳《しょうのう》のオイルのびんをとってくるのをながめていた。

「この町じゃ、あなたみたいな仕事をしてくれる人が必要なんだ。教会の礼拝《れいはい》でお会いできるのを楽しみにしてますよ」フランクさんはいった

おばさんはうなずいた。「できるだけ、礼拝には出るつもりです」

おばさんはしゃべりながら、大きい手をあたしの肩にそっとかけた。なんだか、プレーリーに咲くデビルズクローを思い出した。名前のとおり、悪魔《デビル》の爪《クロー》みたいな実をつける植物だ。ねばねばしていて、いったん虫がくっついたら、二度とはなれなくなる。

行商人《ぎょうしょうにん》の馬車

カレドニアからの帰り道、あたしはずっとぷりぷりしていた。そのうち、フローおばさんを見ているだけで具合《ぐあい》が悪くなってきた。

「パパ、気持ちが悪い」パパが荷馬車《にばしゃ》を止めると、あたしはお昼に食べたものを吐《は》いた。パパはそのあと、ずっと心配そうな顔をしていた。おばさんは、あたしがパパの近くにすわれるように席をかわった。

家に着いてすぐ、お客さんがあった。パパがまだ馬を馬車からはずしているときに、マードックさんがきた。いろんな家をまわって品物を売り歩いている行商人だ。あたしたちは、マードックさんの話をきくのが楽しみだった。遠く東では、人が住んでいる上にまたべつの人の家があるとか、西の方では、インディアンがまだ土地をめぐって戦争をしているとか。

マードックさんは、あたしたちの町をひいきにしていた。スコットランドの古い首都にちなんだ名前がついているからだ。とくべつなときに演奏《えんそう》してくれるバグパイプが、マードックさんの荷馬車の前の席を占領《せんりょう》していた。

「マードックさん、カレドニアをとおってこっちまで線路がくるって話、きいてない？」あたしは、マードックさんが日陰《ひかげ》に品物をおろすのを待ってたずねた。

「ああ、きいたとも。だがそれでも、行商人が用なしってことにはならないぞ。うわさ話をとどけるって意味でもね。来月、このあたりをかの有名なガンマン、バッファロー・ビルが通るって話だ」

「えっ、ほんと？」あたしは目を真ん丸くした。マードックさんは、この谷間の町にくるときはいつもビックリするニュースをもってくるのが自慢《じまん》だ。パパは、ほとんどただのうわさ話だからまじめに受けとっちゃだめだというけれど、あたしはいつも、へえーっと感心してしまう。

マードックさんは話しながら、うすい黒いひげを引っぱった。いせいのいい声にさそわれて、あたしは荷馬車のほうに近づいていった。マードックさんはこの馬車に、品物をぜんぶ積みこんでいる。

マードックさんが、手をひらひらさせた。「なんでも、レーンズボロにいる戦仲間《いくさなかま》のところにいくって話だ。あと、あのシッティング・ブルが降伏《こうふく》の準備《じゅんび》をしているってうわさもあるぞ。もちろん、クレイジー・ホースが撃《う》たれて死んでからは、インディアンの暴動《ぼうどう》もだんだんおさまってきたがね」

このあたりでは、インディアンのウィネベーゴ族とのあいだに問題が起きたことは一度もなかったけれど、よく旅の途中の開拓者《かいたくしゃ》が、子どもが道に迷ってそのまま見つからないという話をしていた。

マードックさんは、かばんをとりだした。「よし、とくべつに、おれが集めたシッティング・ブルの写真を見せてやろう。かわりに、お母さんお手製《てせい》のできたてほやほやのおいしいプディングを少しもらおうか」

「ママは……」あたしは声がうらがえって、だまりこんだまましゃべれなくなった。

マードックさんはあたしの顔をひと目見るなり、帽子《ぼうし》をぬいだ。「ゆるしてくれ、お嬢《じょう》ちゃん。スコットランドじゅうをさがしても、お母さんほどすてきな女性は見つからなかったよ」

フローおばさんとパパが、あたしのうしろに近づいてきた。おばさんがあたしに腕をまわす。あたしは、体がこわばるのがわかった。

パパはマードックさんと握手《あくしゅ》した。「マードックさん、やさしい言葉《ことば》をありがとう。つい一か月前に埋葬《まいそう》したばかりでね。イーヴィはまだ、立ち直ってないんだ。しかも今日はちょっと、具合を悪くしてね。姉のフローがここでくらすようになったから、いままでどおり、夕食はぜひ食べていってくれ」

それからパパは、荷馬車用のあたらしいスプリングシートを見せてほしいといった。まるで、ママの話はもうたくさんだというふうに。

メイとおばさんは、品物を見にいった。メイは、髪《かみ》を結ぶきれいなリボンをほしがっていたし、おばさんは、はるばるボストンからきたスパイスと、きれいな羽根《はね》のはたきをながめた。パパは、マードックさんがもってきた雑誌《ざっし》に見入っていた。井戸用の送水ポンプの写真がたくさんのっている。

あたしは、少しはなれてつったっていた。あんなにうきうきした気持ちが、あっという間に消えてしまった。

「お嬢ちゃん、いいものがある。きっと気に入るぞ」しばらくしてマードックさんはそういうと、こっちにおいでと手まねきした。あたしは、おずおずと近づいていった。馬車のうしろにぶらさがっていたのは、何本かの鍬《くわ》で、そのうちひとつにあたしは目が釘《くぎ》づけになった。ぴかぴか光る金属《きんぞく》の刃に、彫刻《ちょうこく》をほどこした木のもち手がついている。

「はるばるヨーロッパから輸入《ゆにゅう》したものだよ」マードックさんは、秘密《ひみつ》を打ち明けるみたいに声をひそめた。

「ふつうじゃ、とても手が出ないね」あたしは、彫刻をうっとりながめながらいった。

「値ははるが、見ていく人はたくさんいる。身を守るものがあってよかったよ」マードックさんはそういって、シートのうしろにおいてあるライフル銃《じゅう》をとんとんたたいた。

こんなにやせっぽちなのに、あんなに大きなライフルを撃てるのかな。

マードックさんはそのあと、イナゴの大群《たいぐん》とたたかった話をしてくれた。荷馬車に、黒い厚い雲のようにおりてきたそうだ。マードックさんは帆布《はんぷ》の下にかくれて、真っ暗な空が明るくなるのを待った。

「帆布を食いちぎられそうになったんだ。その日は、とくに念入《ねんい》りに祈ったよ」

あたしはすぐに、マードックさんがママのことをうっかり口に出したことをゆるした。

マードックさんの話は、ひと晩じゅうきいていてもあきなかった。南北ダコタ州のプレーリーで起きた大火事の話もしてくれた。おばさんが住んでいたあたりだ。インディアンとのいさかいも、まだあった。最後にマードックさんは、シッティング・ブルのサイン入りの絵を二枚、出してみせた。メイとあたしは、先をあらそって見た。

「あたらしい鉄道が通ったら、プレーリーのくらしもかわっていくだろうね」マードックさんはいった。「いろんなことがかわる。南北ダコタ州では、五年間定住《ていじゅう》した入植《にゅうしょく》者《しゃ》に土地を分配しているからね」

「だれでも土地がもてるの？」あたしはたずねた。自分ひとりの大きな庭が目に浮かぶ。迷路《めいろ》のように野菜がたくさん植わっている。

「二十一歳以上ならね。夫を亡《な》くして、農場をゆずりうけている女性たちもいるよ。六十歳でペンシルヴェニアから出てきて、息子の家の近くに定住した女性もいる。もちろん、クリスチャンの男たちはほとんど、女が畑に出るのには反対しているがね。くらしは楽じゃないよ。多くの人が、木の家ではなく芝土《しばつち》でつくった家に住んでいる」

あたしは、眉《まゆ》をよせた。パパだって熱心なクリスチャンだけど、あたしが庭の手入れをするのに反対なんかしない。

おばさんが夕食のしたくをしているあいだ、マードックさんはあたしたちにいろんな話をきかせてくれた。あたしは井戸に水をくみにいってジャガイモをむいたけど、話がもっとききたくていそいでもどってきた。マードックさんは都会の話をたくさん知っていた。都会では、家と家のあいだに数センチしかすきまがないそうだ。とても想像がつかない。うちのいちばん近くの家は、二キロくらいはなれている。

「すばらしい、北部のごちそうだ」マードックさんはおばさんの料理をほめた。「野菜に肉にパン。ミシシッピ川のむこう側で食べてるものなんか、チーズばかりだしなあ」

たのしい夕食だったのに、おばさんがおとむらい師だとマードックさんが知ってから、風むきがかわってしまった。マードックさんが、おばさんの気をひどくそこねるようなことをいったからだ。

「ああいった正式じゃない風習も、かわってきているからね。いろんな町に、斎場《さいじょう》が建ちはじめてるよ。そのうち、どの土地にもひとつはできるっていううわさだ」

おばさんは、眉をよせた。「先祖代々《せんぞだいだい》伝わる訓練《くんれん》をつんだ者より、そっちのほうがいいっていうんですか？　世代《せだい》から世代へと知識《ちしき》をひきついだ伝統《でんとう》より、すぐれているとでも？」

マードックさんはうなずいた。うすいひげがピクピクする。「きいた話をしゃべってるだけだがね」

おばさんの答えはあっさりしていた。「ああ、そう！」もっといいたいけれどがまんしているのがわかる。

「死体に防腐処置《ぼうふしょち》をするあたらしい技術があるそうだ。布で包む『おとむらい』は、過去のものになりつつある」

おばさんは、厚ぼったい両手をさしだした。「どんな技術だって、これにはおよばないわ。人間の皮膚《ひふ》にふれるのは、人間の皮膚がいちばん」おばさんは、きっぱりいった。

マードックさんは、いすにすわったまま背すじをのばした。おばさんの反論に、ちょっと面食《めんく》らっているようだ。「時代はかわっていく」マードックさんは、ほとんどひとり言のようにつぶやいた。

おばさんは、マードックさんが帰るとすぐに自分の部屋にいった。さっきまでほしそうにしていたスパイスも、ひとつも買わなかった。

あたしには、おばさんが理解できない。どうして樟脳《しょうのう》みたいなとくべつなオイルを使うのかも、ベッドの下にある古い茶色い箱のなかに何が入っているのかも、想像がつかない。しかも、さっきおばさんがいっていたことが引っかかる。おとむらいは、世代から世代へと知識をひきつぐ伝統だといっていた。おばさんには子どもがいないから、つぎの世代といえばメイとあたしだ。パパもおばさんも、このことをどう考えているのか、ひと言もいってない。

つぎの日、パパを手つだってクローバーをつみながら、あたしはまだそのことが気になっていた。卵をとっているときも、雌馬《めすうま》の痛めた脚《あし》にガチョウ脂《あぶら》をぬってやっているときも、不安でしかたない。よし、決めた。あのおばさんを、いままで会っただれともちがうへんなおばさんを、観察《かんさつ》してやろう。よーく観察して、おとむらいってどんな仕事なのか、もっと知るんだ。それから、パパにちゃんと話をしよう。

夏の嵐

あたしは庭のすみっこに立って、トウモロコシの茎《くき》に背の高い雑草が二本、からまっているのをじっと見つめていた。庭のほかの部分は、すみずみまで草むしりしてある。このところの雨のおかげで、緑色の葉っぱがおいしげり、おいしそうな野菜が実をつけている。パパはぜったい、日曜は仕事をしない。その週がずっと雨ふりで、ほんとうなら畑仕事がたくさん残っていてもだ。あたしも、日曜は庭の手入れをしちゃいけないことになっている。だけどたまに、熟《じゅく》したトウモロコシをつみたくてたまらなくなる。

教会の礼拝《れいはい》にそれほどしょっちゅうは行かないけれど、日曜はいつも、うちはクリスチャン式にすごす。パパかママが聖書《せいしょ》から引用《いんよう》した言葉《ことば》を読んで、メイとあたしはいざ教会にいったときにこまらないように、お祈りをする。暑い夏の日曜には、よく小川にピクニックに出かけた。メイとあたしは、岩の下にいるカエルをさがしながら、水のなかをばしゃばしゃ歩いた。

「フローおばさんって、クリスチャンかな?」あたしは今日、メイにきいてみた。

メイは、タンポポをつみながら考えこんだ。「クリスチャンって、お祈りする?」

「もちろんするよ」

「フローおばさんは、夕ごはんのときにお祈りしてるよ?」

「うん。だけど、ドイツ語だから。なんていってるか、わかんない」

「パパはクリスチャン?」メイはたずねた。手が、タンポポの花びらのせいで黄色くなっている。

「もちろん」

「パパもドイツ語をしゃべるよ」

「たぶんパパがフローおばさんに、食事のときにはクリスチャン式じゃないお祈りはさせないようにしてるんだよ」あたしは、あまり納得してなかったけれど、いちおうそういっておいた。

おばさんがパパに呪文《じゅもん》でもかければべつだけど……あたしは思った。去年、サーカスが来たとき、おまじないをした薬をびんにつめて売っている人がいた。もしかしたらおばさんも呪文をかけて、それがあたし以外みんなにきいちゃったのかもしれない。そうでなかったら、みんなしておばさんのことをあんなに好きになるはずがない。

あたしたちは、雨を待ちこがれていた。パパは、脚《あし》が痛みはじめたからこのぶんだと大きな嵐がくるだろうといった。その日、パパが聖書の言葉を朗読《ろうどく》して、あたしたちがお祈りをとなえたあと、おばさんはピクニックのしたくをした。小川の近くにすわったとたん、空が紫色になった。夜みたいに暗くなって、雲が頭の上をすばやく動いていく。パパが、たつまきがくるぞといった。

パパがピクニックの道具をもって、おばさんがメイを抱きあげた。あたしたちは、走って家に帰った。空は全力で雨をふらし、あたしたちはずぶぬれになった。雨といっしょに風もふいて、最初強くふいたのが一瞬おさまったかと思うと、またものすごい勢《いきお》いでふきはじめた。

パパは力をこめて地下室のドアをこじあけた。

「イーヴィ、メイとフローおばさんをつれておりて、下でろうそくに火をつけてくれ。パパは、動物たちの世話がすんだらすぐに行く」

「あたしも行きたい」大声でいったけど、パパは首を横にふって、あたしを階段のほうに押しやった。そして、頭の上でドアが閉まった。

「パパ！」

「イーヴィ、心配しなくてもだいじょうぶよ」暗がりのなかで声がした。「ろうそくをさがすのを手つだってちょうだい」

あたしは壁づたいに手さぐりして、ろうそくとマッチを見つけると、火をつけた。ろうそくの光が地下室を照らすと、影がくっきり浮きでた。ママが、マメやスイカのピクルスやトウモロコシをたくわえておいた場所だ。クモが一匹、壁をさーっとはうと、ぞっとするような影がうす暗い明かりのなかに浮かんだ。おばさんはマメの入った桶《おけ》をふたつ引っくりかえしていすがわりにしていた。

もしかして、たつまきはおばさんのあとを追いかけてきたのかな。きっと、おばさんの仕事が増えるように、死をもたらして去っていくんだ。

頭の上では、風のうなり声がはげしくなってきた。メイは、おばさんのスカートに顔をうずめた。みんな、びしょぬれで寒くてこわかった。

「パパ、死んじゃうの？」メイが泣きそうな声を出した。

おばさんは、メイを抱きしめてぬれたスカートに押しつけた。「死ぬわけないわ。勇《ゆう》気《き》を出して、お父さんを助けてあげなくちゃ」

「どうやって助けるの？　パパは手つだわせてくれないのに」あたしはいった。涙がほっぺたをつーっとこぼれる。

「助けることはできるわ。お父さんがぶじにもどってこられるように、いっしょに祈ればいいの。あなたたちは、自分のお祈りをすればいいのよ。さあ、ふたりとも、泣くのはやめて」おばさんは、やさしくさとした。

あたしは涙をふいて、今朝《けさ》いったお祈りの言葉を思い出そうとした。だけど頭の上のドアがバンバンと音をたてて、まるで風が地下室までふきこんできてあたしたちをのみこもうとしているみたいだ。お祈りの言葉も、聖書の引用も、まったく浮かんでこない。メイはだまってドアを見つめたまま、こわくて口もきけずにいる。

そのうち、おばさんがお祈りをとなえはじめた。ママが好きだった、ヨハネによる福《ふく》音書《いんしょ》にある言葉で、たがいに愛しあい、掟《おきて》を守るようにいっている。おばさんは、静かな声でお祈りをしながら、あたしのふるえる手をつつみこんだ。すぐにあたしも声が出せるようになって、おばさんといっしょにお祈りをした。そしてメイにも、同じことをするように合図した。おばさんの低い声が、あたしたちの声と混ざりあう。

すぐに、頭の上のはげしい音が遠ざかっていった。それからギィーッと音がして、見上げると、パパがドアをあけていた。パパの頭の上の空が、また明るくなっている。

「パパ！」メイとあたしは階段をかけあがって、パパの腰にしがみついた。

「パパ、飛ばされなかったんだね！」メイがさけんだ。パパはあたしたちを抱きしめた。パパがこんなことをするのは、すごく久しぶりだ。

「雲が畑のほうにしずんでいくのが見えたから、消えるのを納屋《なや》のなかで待っていたんだ。もうどこかにいってしまったよ。家も納屋もふきとばされなくて、ありがたい」

「パパ、あたしたち、パパのためにお祈りしたんだよ。フローおばさんが、お祈りを手つだってくれたの」メイがいった。

「ふたりとも、すごくじょうずだったわ」おばさんがいった。

「見てごらん」パパは、地面に散らばった木の枝を指さした。大きな枝が、もう少しで家の裏に当たりそうになっている。「今日はついてたな」

家も納屋も家畜《かちく》もぶじだった。作物がだめになってしまった場所もあったけれど、ほとんどはなんともなかった。まるで、たつまきがわざわざ畑の真ん中だけを選んでこわしていったみたいだ。うちの土地をかこんでいる木の柵《さく》は割れてばらばらになって、木片がプレーリーの草の上にちらばっていた。

そのとき、ママの庭が目に入った。あたしは、その光景に息をのんだ。ぐちゃぐちゃに荒らされて、泥《どろ》でおおわれている。少しだけ残っている植物もあったけれど、ぺしゃんこに見える。残りは、ただのがらくたみたいになってしまった。

「あっ、お姉ちゃん！」メイが、庭を見て声をあげた。

「まだだいじょうぶなものもあるかもしれない」パパはいって、庭を歩きながら被害《ひがい》を調べた。

「せっかくイーヴィがいっしょうけんめい手入れをしたのにねぇ」おばさんはいって、あたしの肩に手をおいた。「残ったものをいっしょにさがしましょう」

「あたしが手入れしたんじゃない」声が引っくりかえった。「ママがしたんだよ。ママはあたしだけに、庭をまかせてくれたの」

「みんなに手つだってもらったほうがいいんじゃないのか？　やらなきゃいけないことがたくさんあるぞ」パパがいった。

「ひとりでやる」あたしはいいはった。言葉が喉《のど》に引っかかる。あたしは泣いているのを見られないように、おばさんから顔をそむけた。「明日《あした》からやる」

パパは肩をすくめて、おばさんを見つめた。

「おまえがそうしたいなら。パパも仕事があるしな」パパはいって、こわれた柵のほうを見た。枝も落ちてるし、葉っぱが庭じゅうと、畑の一部にちらばっている。メイとあたしは家のなかに入ったけれど、おばさんはついてこなかった。しばらくしても、おばさんがまだ入ってこないから、あたしたちはさがしに出かけた。

「いたよ！」メイが叫んで、畑のほうを指さした。おばさんはパパのとなりで大きな鎌をもって、嵐が残していったものをせっせととりはらっていた。

「日曜日なのに仕事してる」メイが不満《ふまん》そうにいった。

「パパだって」あたしはメイにいった。そして、メイの腕を引っぱった。「おいで」あたしはメイにいって、折れた枝をいっしょに集めはじめ、高く積みあげた。

「おばさんは、〝グースベリー〟じゃなかったみたいだね」あたしは、庭に落ちた大枝を引きずりながらいった。

「グースベリーって？」

「悪い魔法《まほう》を知っていて、呪文をかける人」

メイは腰に両手をあてた。「そんなわけないよ。おばさんは、コマドリの赤ちゃんが羽を傷つけたときにあたしといっしょに手当てしてくれて、巣にもどすときに肩車をしてくれたんだよ。ママだったら、そんなことしなかった。ママはいつもいってたもん。『自然に人間が手出しをしちゃいけない』って」

「ママは事実《じじつ》をいってただけだよ」あたしは枝を、集めた場所にほうりながらいった。

「フローおばさんには、メイが知らないことがあるの。おばさんは……とくべつな人なの」あたしは、どうやって説明しようか考えながらいった。

メイはうなずいて賛成《さんせい》した。「おばさん、いい人だよ。ぎゅーってしてくれるし」

あたしは、やれやれと首をふった。メイにはわかりっこない。おばさんは、ふつうの人とはちがう。毎日、起きてきたときと寝る前に、あたしたちを太い腕でぎゅっと抱きしめる。真昼間《まっぴるま》にメイといっしょにチョウチョをつかまえるために歩きまわる。なんでもかくさずにずばずばいって、だれにきかれても気にしない。

あたしは、近所のフィンさんみたいに迷信深くはない。フィンさんは、家のなかに白い蛾《が》が入るとだれかが死ぬと信じているし、家のなかに病人がいるときに犬が夜にほえると悪いことが起きるなんていっている。

だけどあたしは、フローおばさんも、おばさんのしているわけのわからない仕事もこわい。パパとおばさんは、おとむらいのことを、羊が生まれるくらい自然なことみたいに話している。メイは、おとむらいがなんなのか、さっぱりわかってない。あたしも理《り》解《かい》はしてないけれど、人が死んでいいことなんかないのはわかっている。人の死に関《かん》係《けい》する仕事をしている人がいいことをもたらすはずがないことも。あたしは、お祈りした。どうかフローおばさんが、このクルックドクリーク・ヴァレーの土地で必要とされることがありませんように。

お葬式《そうしき》

木曜日の夜おそく、馬車がさわがしくやってきて、うちのすぐ外でとまる音がした。むし暑くて、髪《かみ》の毛がべとっと首のうしろにはりつき、しめった足が木の床にぺたぺたくっつくような夜だった。パパは、また嵐になるんじゃないかと心配していた。この前の嵐のあとかたづけもまだおわっていないのに。ママの庭は、まだ荒れたままだった。なんとか救《すく》いだせた植物もあったけど、ほとんどは地下で育っているジャガイモとかニンジンとかだ。

あたしたちはリビングにすわって、蚊がよってこないようにあおいでいた。暑すぎてとても眠れない。踏み段をのぼる足音と小さいノックの音がして、パパが木のドアをあけると、セヴァーソンさんが息子のエドワードといっしょに立っていた。

セヴァーソンさんの一家は、うちの農場《のうじょう》の南、小川のほとりに住んでいる。このクルックドクリーク・ヴァレーに土地をもらって定住《ていじゅう》した最初のグループだ。パパがいうには、セヴァーソンさんは家族がノルウェーをはなれたとき、まだ赤ん坊だったそうだ。

セヴァーソンさんの視線《しせん》は、パパをとおりこして、部屋のなかでメイをひざにのせているフローおばさんにむけられていた。おばさんは、背すじをのばして顔をあげた。

「こんばんは、ハンス」セヴァーソンさんは、パパに静かな声であいさつした。パパはセヴァーソンさん親子をリビングにとおした。

「おやじさんの具合《ぐあい》はどうだ？」パパがたずねた。セヴァーソンさんのお父さんは、長いこと病気をしていた。

「二時間ほど前、息を引きとった」セヴァーソンさんはうつむいて、手をエドワードの肩においた。「お姉さんが来てるってきいてたから、埋葬《まいそう》の準備《じゅんび》をしてもらえないかと思ってね。おとむらい師をしているときいたから」

パパがおばさんのほうを見ると、おばさんはうなずいた。「声をかけてくれて、光栄《こうえい》だ」パパはいった。

あたしは口をぽかんとあけていた。ふいにさむけにおそわれたみたいに、ぶるっとふるえが走る。おばさんが立ちあがって廊下《ろうか》に出ていったので、あたしはあとをついていった。おばさんは、自分の部屋に入っていった。あたしは気づかれないように息をひそめて、ドアのところからこっそりのぞいた。おばさんは引き出しをあけて、ショールをとりだした。それからベッドのところに行き、ひざをつくと、下から木箱を引っぱりだした。

あのなかには、例のY字型の枝とふしぎな軟膏《なんこう》がいっぱい入ってるのかな。おばさんが部屋から出てくる音がしたので、あたしはあわててドアの前からどいた。おばさんは、あたしを見てぴたっと立ちどまった。

「イーヴィ、びっくりしたじゃないの」それからおばさんは、あたしが箱を見つめているのに気づいた。「どうかした?」

「う……ううん、べつに」あたしはあせっていいながら、あとずさった。

「メイのことをよろしくたのむわね」おばさんは、あたしの体に腕を巻きつけると、軽く抱きしめた。箱がおなかのあたりに当たり、あたしはすくみあがった。

「おもてに馬車をとめてある」セヴァーソンさんがいった。フローおばさんはショールを肩にかけて、セヴァーソンさんのあとをついて外に出ていった。すぐに、馬がかけ足で遠ざかっていく音がきこえた。

「フローおばさん、どこ行ったの？」メイがパパにたずねた。目を見ひらいて、心配そうな顔をしている。

パパは、落ちついた声で答えた。「セヴァーソンさんの手つだいにいったんだよ。すぐにもどってくるさ。おまえたちはもう寝なさい」パパはメイを抱きあげると、さかさまにして肩にかついだ。メイはキャッキャと声をあげて大よろこびしている。それからパパはあたしも抱きあげて、もう片方の肩にかついでくれた。あたしも、うれしくて笑った。もう大きいのに恥ずかしい、なんて思わなかった。パパがまた、あたしたちだけのものになって、うれしい。ほんの一瞬《いっしゅん》でも。


眠らないで起きているつもりだった。おばさんのあやしげな箱の姿が頭のなかに浮かんでいる。ママがリビングの真ん中でお棺《かん》のなかに横たわっている姿が見える。あたしたちをなぐさめようとしてみんながいってくれる言葉《ことば》が、どんどんうしろに遠ざかって消えていく。「神はもっともいい時期《じき》を考えてくださる」とか、「天国はここよりいい場所だ」とか。

庭に出ると、あたしはいつもママの姿をさがしていた。ママがつらそうな顔をしていても、生きていてほしかった。パパは、ママはもう苦しまなくていいからこれでよかったんだ、といっていたけれど。あたしはあのとき、冷たい春の風がふきすさぶ庭にむかって、自分がどんな罪深《つみぶか》いことを考えたか、小声で打ち明けた。

パパがおばさんの帰りを待っておそくまで起きているので、あたしたちの部屋にランプの明かりがさしこみ、壁がちらちら光ってふしぎな形を映《うつ》しだしていた。メイはあたしのとなりで、静かな寝息《ねいき》を立てている。体を小さく丸めて、背中をあたしに押しつけて寝ている。とうとうあたしが眠りに落ちたとき、まだ明かりはついていた。

つぎの朝、目がさめたとき、パパはもういなくて、フローおばさんはキッチンで何ごともなかったみたいに鼻歌《はなうた》をうたっていた。空気はひんやりしていて、きのうみたいにじっとりしていない。メイはもう外にいて、斜《なな》めにかたむいた地下室の入り口をかけあがったりおりたりしていた。

「パパは?」あたしは、まだ眠い目をこすりながらおばさんにたずねた。

「何時間も前に畑に出ていったわよ。イーヴィ、今日はずいぶんお寝坊《ねぼう》だったこと。つかれてたのね」

「おばさんが帰るのを起きて待ってたから」そういってから、あわててつけたした。

「パパが心配してるみたいだったから、気になって」

おばさんは、つくっていたカスタードをかきまわすのをやめて、あたしのほうをむいた。口のはしっこに、笑みが浮かんでいる。

「イーヴィは、やさしいのね」

顔が熱くなって真っ赤になるのがわかる。そのとき、テーブルの上に木箱がおいてあるのが目に入った。あたしは、まじまじと見つめた。おばさんに、箱のことをきいてみたい。きいてもいいのかな。

あたしが口をひらく前に、おばさんはいった。「イーヴィ、この箱をわたしのベッドの下においてきてくれる？ それから、よそいきの服に着がえてちょうだい。これからセヴァーソンさんのところに、お悔《く》やみをいいにいくから」

あたしはものすごくゆっくりと、木箱をもちあげた。なかに入っているものが動くのがわかる。あたしはできるだけ体からはなしてもった。おばさんに見られているのがわかったので、早足でおばさんの部屋に行き、箱をベッドの下に入れた。それからいそいで洗面所《せんめんじょ》に行って、手を真っ赤になるまでごしごし洗った。

おばさんは、カスタードクリームのデザートをこしらえて、ママが去年つくったスイカのピクルスのびんをとりだした。パパが馬車に馬をつないで、あたしたちはセヴァーソンさんの家にむかった。亡《な》くなったセヴァーソンさんは、白いひげのむすっとしたおじいさんで、夏以外はいつも同じチェックのシャツを着ていた。英語があんまりうまくなくて、いつもノルウェー語でぶつぶついっていた。それでもエドワードはよく、おじいちゃんと釣《つ》りにいったんだ、と楽しそうに話していた。セヴァーソンおじいさんは、いつも片手に聖書《せいしょ》をもって、もう片方の手に釣りざおをもっていた。もしかして魚に聖書を読んできかせて岸へさそってるのかな、なんて思ったりした。

セヴァーソンさんの農場に馬車をとめると、エドワードがいて、木に石をぶつけて遊んでいた。お父さんに似て、金髪で色白だ。ほっぺたが、日の光に照らされてピンク色になっている。パパが、エドワードの肩に手をおいた。

「小麦の調子《ちょうし》はどうだ?」パパはエドワードにたずねた。

あたしはメイの手をぎゅっとにぎって、家のなかに入った。かびた服みたいなにおいがしている。メイとあたしは、ドアの近くにつったっていた。遺体《いたい》を見たとき、おなかのあたりがざわざわして、落ちつかなくなった。おじいさんは、リビングにおいてある棺《ひつぎ》のなかに横たわっていた。足元につみたてのヒナギクの花束《はなたば》がおいてある。きれいな白いシャツを着て、蝶《ちょう》ネクタイをしている。髪がいつになくきちんととかしてあって、両手で小さい聖書をもっていた。まるで眠っているみたいだけど、口が少しだけぽかんとあいていたし、もういつものむすっとした顔じゃなかった。

セヴァーソンさんの家のお葬式は、近所の人たちだけでこぢんまりとしていた。昔かられほど教会に熱心にかよってなかったから、牧師《ぼくし》さんも呼ばない。みんなが棺のまわりに集まった。メイはフローおばさんの手をにぎりしめていたし、あたしはパパのうしろに立った。メイはおばさんのスカートの横からしきりにのぞきこんでいた。ことの重大さがいまひとつわからないみたいだ。エドワードのお父さんが聖書から詩篇《しへん》を読んで、子どものときに父親にアメリカにつれてこられた話をした。エドワードのお母さんは、真っ赤にはれた目を何度もぬぐっていた。さっき、おじいさんを見守ってひと晩じゅう起きていた、とフローおばさんに話しているのをきいた。

なんで、ひと晩じゅう起きてたりしたんだろう？　おじいさん、もう死んでるのに……。

そのあとすぐ、あたしはメイをつれて外に出ると、農場の近くの小川まで歩いていき、ザリガニが水のなかではねるのをながめた。メイはザリガニがパシャッとはねるたびに笑いながら手をたたいたけれど、あたしはメイがザリガニをつかまえようとしてよそいきの服を汚さないように見はっていた。みんなが列になって、棺を運びながらゆっくりと急な坂をのぼり、セヴァーソンさんの家のお墓まで歩いていく。丘の上に人々が集まって、おおいをかけた棺を土のなかにおろすのが見えた。セヴァーソンおじいさんの奥さんが埋められている、十字架《じゅうじか》のとなりだ。それからエドワードのお母さんのリードで「イエスの愛にむすびあいし」という賛美歌《さんびか》を合唱してから、家のなかにもどっていった。

しばらくして、エドワードがまた外に出てきて、木にむかって石を投げはじめた。あたしはなんて声をかけたらいいかわからなくて、となりに並んでいっしょに石を投げた。メイもいくつか石をひろって投げたけれど、かすりもしない。

「イーヴィも、おとむらい師になるの?」ふいにエドワードがたずねた。

石を投げようとしたあたしの手は、ぴたっととまった。「なんでそんなこときくの?」

エドワードは、石を投げつづけながら話した。「うん、だってさ、きみのおばさんがうちのおやじに、代々《だいだい》おとむらい師をやってきた、っていってたから。きみもあとをつぐのかなと思って」

「そんなはず、ないでしょ」

「でも、もしかして大人《おとな》になったら……」

あたしはあごをつんとつきだして、腕を組んだ。「おとむらいのことなんか、なんにも知らないけど、自分があとをつぐかどうかくらい、わかってるわよ」あたしは、そこまでのつもりはなかったのに、やけにぷりぷりして答えた。

エドワードは肩をすくめて、石を投げつづけた。メイもまねをしている。あたしは石を投げるのをやめて、家の前の踏み段にすわった。エドワードは、あたしがいったことを信じてないみたいな態度《たいど》をとっている。エドワードのことは、生まれたときから知っている。あたしたちはいっしょに地理を勉強して、つづり字コンテストではむきになって競い合った。小川で泳いだあと、赤痢《せきり》にかかるのまでいっしょだった。そのエドワードがどうして、あたしがおばさんの得体《えたい》の知れない仕事をつぐなんて思っちゃうんだろう？

だけど、エドワードのいうとおりだったら？　大人になったらおばさんみたいな仕事をしなくちゃいけなかったらどうしよう？　夜中に木箱をもってでかけなきゃいけないの？　あたしがおばさんのあとをつぐ運命《うんめい》だったら、どうしよう？

家の角まで歩いていくと、カエデの木の下にヤクヨウニンジンの苗がおいてあった。エドワードのお母さんが、おじいさんの病気を治すためのお茶をつくっていたからだ。

あたしは、そのうすい黄色の根っこをながめながら、ママから教わったことを思い出していた。ヤクヨウニンジンは多年生《たねんせい》の植物で、秋に枯れるけれど春になるとよみがえる。葉っぱが枯れて落ちるたびに、根っこのすぐ上のところに、葉痕《ようこん》というあとが残る。

もしクルックドクリーク・ヴァリーがヤクヨウニンジンと同じで、人が死ぬたびにあとがひとつ増えるんだったら、あたしたちの住むこの土地はいままでに、六メートルのヤクヨウニンジンくらい人の死を経験《けいけん》したことになる。

フローおばさんに仕事をたのむ人は絶《た》えないだろう。でもあたしは、しきたりだろうがなんだろうが、この先ずっと人の死ととなりあわせに生きていくなんて、たえられない。

そろそろ、パパに話をしなくちゃ。

キツネ

あたしは、パパがひとりになるのを待って話をしようとした。でも、納屋《なや》にいるパパのところにいくと、ちょうど雌馬《めすうま》のデイジーがお産をしようとしていた。

「いそいでガチョウ脂《あぶら》をもってきてくれ」パパがいった。メイとフローおばさんは、あたしがガチョウ脂をとりにきたと知ると、お産を見るためについてきた。

「ママだったら、メイに見せたがらないと思うけど」あたしはおばさんにいった。おばさんがメイをつれて家のなかにもどってくれれば、パパとふたりで話ができるかもしれない。

「ママは去年、子羊が生まれるところを見せてくれたもん」メイが文句をいった。

「見るぶんには、かまわないはずよ。じゃまにならないようにするから」おばさんはいった。

一時間もしないうちに、きれいな茶色の子馬が納屋で生まれた。メイが、クローバーと名前をつけた。デイジーは、メイがよく食べさせるクローバーが大好きだからだ。

つぎの日、パパが小麦の袋を馬車に乗せて馬をつないでいたから、あたしは話をしようとした。だけどおばさんが出てきて、パパに水とサンドイッチをわたした。

「ありがとう、フロー。おかげでなかにもどらなくてすんだよ」パパはいって、水をごくごくのんだ。それから、馬車に乗りこんだ。「製粉所《せいふんじょ》にこの小麦を届けたら、すぐにもどる」

「パパ、あたしもいっていい？」

パパは首を横にふった。「フローが石けんをつくるから、手つだいなさい。パパももどったら手つだうから。きっと、冬じゅうもつくらい、つくれるぞ」

それから、パパは「進め！」と声をかけていってしまった。

あーあ。夏の石けんづくりは、大きらい。すごく暑いし、時間もかかる。

おばさんが、あたしに腕を組んできた。「イーヴィ、いい香りの花びらをさがしてきてくれない？　そうすれば、オートミールをくわえて、香りつきの石けんがつくれるわ。とくべつなとき用にとっておきましょう」

やった、花びらをさがしにいけば、おばさんからも石けんづくりからもしばらく解放される。あたしはぶらぶらとプレーリーのほうにむかい、アキノキリンソウかエキナセアをさがして歩いた。背の高い草が、ひざ丈《たけ》ほどのトウモロコシのまわりを、額《がく》ぶちみたいにかこんで生《は》えている。あたしは、なかまでは入っていかなかった。プレーリーのなかは、緑色と金色の筆で何度もなぞったように草がぎっしり生えていて、あっという間に道に迷ってしまうからだ。あたしは、丸々一日時間があるみたいに、ぴったりの花はないかとうろうろしていた。よくあるトウワタなんかはとばして、アナグマの穴に落ちないように気をつけた。

咲いたばかりのデイジーが、バプティシアの白いとがった花のなかにぽつぽつ混ざっている。色あざやかでいい香りがして、プレーリーのずっとむこうまでつづいている。お日さまにむかってひらいている背の高いオグルマをかきわけながら、一歩なかにふみだしたとき、足元でかん高い鳴き声がした。

あたしはキャッといってとびのいた。下を見ると、赤ん坊のキツネがいた。こわがって丸くちぢこまっている。

「チビちゃん、こんなところでひとりで何してるの?」あたしがかがみこむと、赤ちゃんキツネは大きい鳴き声をあげて、真ん丸い目であたしを見つめた。

「だいじょうぶだよ」あたしは、安心させようとしていった。お母さんキツネが背の高いしげみにかくれているんじゃないかとさがしたけれど、どこにも姿はない。ママならきっと、こういうはずだ。

「野生動物の赤ん坊に手をふれると、母親が人間のにおいを感じて、その子を捨ててしまうのよ」何度もそう注意された。

「助けてあげたいけど、ほっとくほうがあなたのためなの」

赤ちゃんキツネは、あたしから目をはなさない。よく見ると、黒い耳の片方の先っぽに、白いブチがある。赤茶色の毛が、プレーリーにとけこんでいる。あたしはあとずさりしてオグルマ草のかげにかくれると、あっちに行ってくれないかなと願いながら赤ちゃんキツネを見守っていた。でも、キツネは動かない。あたしはさらにあとずさって、草のあいだにすわって待った。

お日さまを見上げると、ちょうど真上にきていた。出かけてきてから、もうずいぶんたってしまった。あたしは草のあいだに咲いていたアネモネの茎をひきぬいて、「愛してる、愛してない」と花占《はなうらな》いをした。しげみのあいだから、キツネの姿がどうにか見える。ときどき身動きをしているけれど、まだうずくまったままだ。

そういえば、フローおばさんは小鳥の傷ついた羽をなおして、メイといっしょに巣にもどしてあげたんだっけ。あたしが、迷子《まいご》の子ギツネをつれて帰ったら、おこるかな？

インディアングラスが左のほうでかさかさ音を立てたので、顔をあげると、巨大ネズミ、マスクラットがしげみのなかをこっそり歩いていた。大きな口をあけて牙《きば》をむいている。そして、まっすぐ赤ちゃんキツネのほうにむかっていった。あたしは、ぱっととびあがった。

「あっちにいけ！」声をふりしぼって叫んだ。おどろいたマスクラットはむきをかえて、反対方向に走っていった。

あたしはキツネのほうにもどると、しゃがんで抱きあげた。キツネはまた鳴き声をあげて、あたしの手からのがれようとしてうしろ脚《あし》をばたつかせた。あたしはその子をエプロンにしっかりくるんで、家に帰った。

ママの庭は、まだ初夏の嵐に荒らされたあとが残っていた。メイが、地下室のドアの上にすわっている。あたしを見つけると、おこった目をして眉《まゆ》をよせながら走ってきた。

「お姉ちゃん、どこにいたの？」

「あんたには関係ないでしょ」あたしは、メイをよけて歩きながら答えた。

「フローおばさんが脂をおなべで煮てるから、かきまわしてるあいだに灰汁《あく》を流しこむ人が要《い》るんだよ。お姉ちゃん、もうとっくに帰ってなきゃいけなかったのに」メイがうしろでわめいた。

あたしは、足を止めた。

「遅《おそ》くなった原因《げんいん》は、これ」あたしは、メイにエプロンのなかを見せた。

「うわーっ」メイは声をあげると、そういうことだったのかというふうにうなずいた。

「飼《か》うの？」

「パパがゆるしてくれれば」

「フローおばさんは？　先にフローおばさんにきいてみないの？」

「おばさんにはまだ知らせる必要はないから。納屋のなかに場所をつくってかくしといて、もどってきてからえささをどうするか考える。パパが帰ってきたら、たのんでみるつもり」

「だけど、フローおばさんなら協力してくれるかも」メイはぶつぶついった。

「だめ」あたしはきっぱりいった。「知らなければそれですむことだから。いい？　いわないって約束して」

　メイは胸の前で十字を切った。あたしたちのあいだの、ぜったいに約束を守りますという合図《あいず》だ。

「じゃ、ついてきて」あたしは納屋のほうに歩いていくと、安全そうな場所を見つけて、柵《さく》をつくったときの残りの板で囲《かこ》った。それから、ふわふわの赤ちゃんキツネを、わらの上にそっとおく。キツネはしばらく、どうしたらいいかわからないみたいに立ちすくんでから、すみっこにかけていってかくれた。

「逃《に》げないように見張《みは》ってて」あたしはメイにいうと、家のなかに入った。

　ドアをあけたとたん、こんろから立ちのぼる熱気《ねっき》がもわっと押しよせてきた。おばさんが、大きななべの中身をかきまわしている。

　あたしの役目は、冷ました石けんを割って棒《ぼう》の形にして、日なたにならべてかわかすことだ。かわいたら、箱のなかにしまっておく。いちばんむずかしいのは、混ぜた液体を熱いなべのなかから、冷やすためのたらいに注《そそ》ぎこむときだ。だからたいていパパが、石けんづくりを手つだう。

　おばさんはふりかえって、あたしを見つけた。汗がほっぺたをたらたら流れている。

おばさんは、ふしぎそうな顔をした。

「イーヴィ、花びらはどうしたの？」

あ……。あたしは、空《から》っぽの手のひらを見下ろした。

石けんづくり

「見つからなかったの」あたしは、おどおどとつぶやいた。

フローおばさんは背すじをしゃんとして、両手を腰に当てた。「この話は、あとでお父さんがもどってきてからにしましょう。外にいって、石けんを見てきてちょうだい」

たらいが一個、もう日なたに出ていた。あたしは石けんをナイフで切った。まだやわらかい。

それから地下室にいって古いボウルをとってくると、井戸から水をくんで、納屋《なや》にもっていった。メイが赤ちゃんキツネをなんとか抱っこしようとして、手にかみつかれていた。

「かまうんじゃないの」あたしはメイに注意した。「ほら、水もってきた。あんまりおどかすと、のまなくなっちゃうよ」あたしが水を下におくと、メイがキツネを追いたてたから、キツネはボウルのなかに落っこちてしまった。

「メイ、気をつけて」

キツネはぴょんととびあがると、またすみっこのほうに走っていった。

「この子、どこにいたの？」メイがたずねた。

「プレーリーだよ。もう少しでマスクラットに食べられちゃうところだったの」

「お姉ちゃんに助けてもらって、ラッキーだったね。あっ、そうだ。この子の名前、ラッキーにしよう」

「ラッキー、か」口に出してみて、あたしはうなずいた。

「ラッキー君、やせっぽちだね」メイがいった。

「たぶん、親とはぐれちゃったんじゃないかな」メイったら、もう男の子だって決めつけてる。

「何を食べさせるの？」

「わかんない。食事の残り物でいいんじゃないかな」

ふいに声がして、あたしたちはびくっとした。「イーヴィ、納屋で何してるの？」ふりかえると、フローおばさんがすごくおこった顔をしていた。「まったくあなたときたら、結婚《けっこん》祝いのダンスパーティのウィスキーよりはやく消えてなくなるんだから」

メイが横によけた。おばさんは、キツネを見つけた。「そういうことだったのね」おばさんはしゃがんで、キツネをじっくりながめた。

「イーヴィ、野生動物を住みかから勝手《かって》につれてきちゃだめよ」おばさんの声はきびしかった。きっと、プレーリーにもどせっていわれる。

あたしは必死《ひっし》でたのんだ。「この子、親とはぐれちゃったの。ずっと見てたけど、お母さん、出てこなかったんだよ」

納屋のなかがしーんとした。メイとあたしは顔を見あわせて、ラッキーの運命《うんめい》が決まるのを待った。

おばさんは立ちあがった。「二週間だけ、えさをやりなさい。それ以上ここにいたら、野生にもどれなくなるから。やるのは、かたゆで卵と果物《くだもの》とパンと水。そのあと、また二週間だけ、毎日プレーリーの入り口に食べ物をおいておくの。そうすれば、ひとり立ちして、野生で生きていけるようになるわ」

「おいた食べ物をアナグマにとられちゃったら？」アナグマは、なんでも食べちゃうプレーリーのおそうじ屋さんといわれている。

「まわりにブルーベリーをおいておけばいいわ。アナグマは甘いもの好きだから、フルーツだけ食べてほかの食べ物には手をつけないでしょうから」

もう少し待ってパパにたのんでみようかな、とも思った。だけど心の底では、ただでさえ家畜《かちく》の世話があるのに野生動物を飼《か》いたいなんてこと、パパがどう答えるかはわかってる。けっきょくあたしは立ちあがって、おばさんの目を見ていった。「わかった」しようがない。それからあたしはメイのほうをむいていった。「少なくともこれでラッキーは飢《う》え死にしなくてすむし」

「じゃ、決まりね」おばさんはいった。「さあ、手つだいにきてちょうだい。脂《あぶら》がかたまって石けんがだめにならないうちに、灰汁《あく》を足さないと」

「あたし、ラッキーにパンと果物をとってくる」メイがいった。

あたしはおばさんのあとについて、家のなかにもどった。おばさんが決めたことに不《ふ》満《まん》はあるけど、それならいますぐラッキーをもどしてきなさいっていわれるのがこわくて、いいかえせない。それにどうせ、パパだっておばさんの決めたことにはなんでも賛《さん》成《せい》する。

あたしはそれから、いっしょうけんめいおばさんの手つだいをした。地下室からかりかりになった脂が入ったバケツをとってきた。おばさんが灰汁を加えて、あたしは銅の大なべにいれた脂をかきまわして、肉切れを見つけるととりのぞき、混じりけなしのなめらかな液にした。ずっとかきまわしていたら、スプーンの上にどろっとしたかたまりがのっかるようになった。

おばさんはスプーンを舌に当ててみて、正しい味だと判断《はんだん》すると、いった。「できあがりね」あたしたちはふたりでなべをもちあげて、たらいに中身を注《そそ》ぎこんだ。それから、また最初から同じことをはじめた。

そのあと、パパが帰ってきて石けんづくりを手つだった。何度かパパとふたりっきりになったから、おばさんの話をするチャンスだったけど、あたしはだまっていた。この前まではやけにあせっていたのに、いまではうじうじ悩んでいるだけになっていた。皮膚《ひふ》のすぐ下にとげがささっているような気分だ。

しかも、おばさんはパパに、あたしが長いあいだ帰ってこなかったことをだまっていた。みすみす話がそっちにいくようなことはしたくない。それに、せっかくパパといられるのに、責任《せきにん》がどうだこうだといいあいをしたりお説教《せっきょう》されたりしたくない。最近パパは、前よりも早く起きておそくまではたらいている。まるで、せっせと仕事をしているときしか心が安らがないみたいに。夜中にパパがよく、眠れなくてロッキングチェアにすわっているのも知っている。リビングの床を歩くパパの重たい足音と、ロッキングチェアがきしむ音も、もうすっかり聞きなれた。

ママのロッキングチェアだ……。夜になるとよくママは、このいすにすわってかぎ針編みをしてたっけ。ママの足元で、メイが遊んでいた。

それから二週間、あたしは何に対してもあまりもんくをいわなかった。ママの喪《も》に服するための刺繍《ししゅう》を、やり直すようにおばさんにいわれたときも、おとなしくいうことをきいた。ママが亡《な》くなった一週間後からはじめたけど、中断《ちゅうだん》したままだった。やっとできあがったのは、白いユリが咲く庭に、黄色いチョウチョがひらひら舞っているもようだ。背景《はいけい》には、ママの名前が書いてあるお墓もある。だけど、おばさんは裏側をひと目見るなり、糸がゆるんでたれていたり、縫《ぬ》い目が大きかったりするのに気づいて、チョウチョの刺繍をやり直しなさいといった。裏側も表に負けずにきれいでなければいけないし、リビングにかざるつもりなら少しも手をぬいてはいけない、と。

あたしは縫い目をほどきながら、ママだったら少しくらいゆるんでても気にしないのに、と思った。

その日、おばさんは最初の言葉《ことば》どおり、ラッキーを逃がすようにいった。

「もう十四日たったわ」おばさんは釘《くぎ》をさした。メイとあたしはしぶしぶ、ラッキーをプレーリーまでつれていって、えさをやった。ラッキーが食べているのを見ていられるのは、これが最後だ。メイは、ラッキーがいなくなるとさみしい、とだだをこねた。手をのばすたびに指をかまれていたくせに。赤ちゃんキツネがたった一匹でプレーリーのなかでどうやって生きていくんだろうと思うと、あたしはこわくなった。

とうとう、あたしたちは回れ右をして走った。最初、ラッキーはついてきたけど、追いつけなくなった。それが、あたしたちがラッキーの姿を見た最後だ。

それから二週間、あたしたちは毎晩同じ場所にえさをおいた。つぎの朝早く見にいくと、なくなっていた。その数日後、ラッキーを見かけた気がしたので、あとでこっそりその場所にいって残り物をおいてきた。すると、おばさんに見つかってしまった。

おばさんは、約束したでしょう、といった。

「あのキツネ、自力で生きられるようにならなかったら、冬をこせないわ。自分でえさをとれるようにならなきゃ」

おばさんのいうことが正しいのはわかってる。だけど、そんなきびしいことをいうおばさんを、とても好きになれない。

日曜日、礼拝《れいはい》の前に、ヨハンソン牧師をはじめ地域の人がみんな、おばさんをとくべつに祝福した。セヴァーソンさんのおとむらいをした話をきいて、みんな、おばさんはすばらしくよくやった、とほめたたえた。おばさんは、注目を浴《あ》びておろおろしていたけれど、愛想《あいそう》よくふるまった。

「故郷《くに》では、一週間にふたりの人と話をすればいいほうでしたから。なんだか、面食《めんく》らってしまうわ」おばさんはいった。どうしてかはわからなかったけれど、そのせいでおばさんは、よけい人気者になった。

ヨハンソン牧師はあたしをじっと見つめながら、教会じゅうにひびきわたる声で「夏は、前に進み、あたらしい命を刈りとり、重荷をおろす季節です」と、神さまの言葉を引用《いんよう》していった。

信じたい。だけど、ママのことを考えるとまだ、胸のなかがざわざわして落ちつかなくなる。

おばさんのやり方

夏のなかごろには、フローおばさんはすっかりうちのなかのことを切りもりしているように見えた。そしてもうひとつ、おばさんはママみたいに近所づきあいがよくなかった。エドワードのお母さんが来たときはにこにこして出むかえたけれど、すわってゆっくりおしゃべりしている時間はあんまりないし、とくにうわさ話は好きじゃない、ときっぱりいったので、エドワードのお母さんはむっとして帰っていった。

あたしはパパと話しているときにこのことを告げ口《つぐち》したけれど、どうってことないみたいにあっさりきき流されてしまった。パパは肩をすくめていった。「それがフローのやり方だからな」

それから、ママのバター攪乳器《かくにゅうき》の事件が起きた。結婚《けっこん》のお祝いにもらってからママがずっと使っていたものだ。おばさんはその攪乳器をつかって、ハニーバターをつくった。

「ママがいつもつくるのは、プレーンバターだよ」あたしはおばさんにいった。

おばさんはにっこりして、パンをひと切れよこすと、あたしの肩をちょんと押した。

「このバターもためしてみて。きっと気に入るはずよ」

あたしはパンをおいていった。「なんでもかんでもおばさんのやり方が気に入るとでも思ってる?」

おばさんは、ぽかんとした。「それ、バターのことをいってるの?」

あたしは首を横にふった。「その話はしたくない」それからママの庭にいって、トウモロコシの茎《くき》の下に丸くなってしゃがんだ。こんなに気持ちがゆさぶられるのは、バターのせいじゃない。ママといっしょにバターをつくったことを思い出すからだ。あたしがバターをかき混ぜるそばからメイがクリームを足して、それからふたりで泡だつバターミルクをカップに注ぎこみ、かたくなったバターに塩をまぶした。そのあとで、あたしたちはカップをチンと合わせて、幸運《こううん》に乾杯《かんぱい》した。

おばさんは、あたしたちにバターをつくるのを手つだってほしいともいってこなかった。その夜あたしは、だれも見ていないときに攪乳器の中味をぜんぶこぼした。

つぎの日の朝、おばさんは空っぽになった攪乳器と床にこぼれたバターを見て、すっかりあわてふためいていた。

「どうしてこんなことになったのかしら？」

パパは、うたがっているように眉《まゆ》をよせてあたしを見つめた。

あたしは肩をすくめた。「メイがまわりで遊んでるのを見た気がするから、引っくりかえしちゃったんじゃないの。メイって、めちゃくちゃそそっかしいから」

「あたしじゃないもんっ！」メイがもんくをいった。

「わざとじゃないでしょうけど。でも、家のなかで小さい子が走りまわってたら、いろんなことが起きるものだし」

それをきいてメイは、手がつけられないほどわめきだした。とうとうパパがメイを屋《や》根裏部屋《ねうら》に追いやった。あとであたしは、罪悪感《ざいあくかん》でいっぱいになったので、ジャムをぬったパンをこっそりもっていってあげた。メイはあたしにいじわるされるのには慣れていて、あっさりゆるしてくれた。

つぎの日、あたしが庭で花のまわりの雑草をぬいていると、フローおばさんが出てきた。嵐に負けなかった数少ない花のひとつ、じょうぶなカンゾウが満開《まんかい》だった。オレンジと黄色とピンクの花が入りまじって、すごくあざやかだ。まだカボチャには望みを捨ててないけれど、作物のほとんどが元気がない。

「ママ、ごめんね」あたしは、必死《ひっし》で世話をしたのにしおれてしまったキャベツにむかってつぶやいた。たまに、顔をあげればママがむこうで手入れをしているのが見えるんじゃないかって思えるときがあった。何列も植えてあるマメにかがみこんだママは、朝の日ざしをよけるための愛用の花柄《はながら》の帽子《ぼうし》をかぶっている。だけど、きっとママはそこにいるって確信《かくしん》して顔をあげたとたん、その姿は消えてしまい、あたしはまたひとりぼっちになる。

「がんばってるわね。イーヴィの庭、とてもすてきよ」おばさんが声をかけてきた。メイの髪《かみ》かざりをつくるために、ヒナギクをつんでエプロンにのっけている。おばさんは話しながら、ヒナギクの茎を何本かくるくる巻いてまとめている。

「こんなひどい庭が?」あたしはおばさんのほうをちらっと見て、また雑草をぬきはじめた。「サヤインゲンの葉っぱは茶色いし、カボチャはマメくらいの大きさにしかなってないし。だいたい、あたしの庭じゃないから」

「よく手入れしてるわ。たぶん、もうあなたの庭なんじゃないかしら」あたしはおばさんを見上げた。庭のぎりぎりのところに立っている。なかに入りたいけど声をかけられるのを待ってる、みたいに。白い花びらをひらひら揺らしているおばさんは、手つだいたくてしようがないような顔をしている。でも、今日はやさしくうけこたえする気分にはなれない。

「自分の庭になんか、したくない。ママのだから」

「イーヴィは、外見はお母さんそのものだけど、気質《きしつ》はお父さんそっくりね」おばさんは笑った。「わたしたちの生まれた国ではみんな、子どもに自分の持ち物や土地をゆずるのよ。それがならわしなの」

あたしは雑草をぬくのをやめて、顔をあげた。「おとむらい師になるのも、ならわしなの？」

「そうよ」おばさんはうなずきながら、緑の茎をねじり合わせた。「わたしの母も、おとむらい師だったわ。母の母も、そうだった。わたしは小さいとき、そうね、イーヴィくらいのころに、やり方を習ったの。それ以来《いらい》ずっと、その仕事をしているわ」

ああ、そんなの、考えただけでうんざりする。

おばさんは、あたしの気分が悪いのに気づいたらしい。「イーヴィ、どうかした？　何か心配ごとでもあるの？」

あたしは立ちあがった。手にもっていた雑草がはらりと落ちる。質問したいことはもう決まっていたけれど、答えをきくのがこわい。だけど、言葉《ことば》が勝手《かって》に口から出てきた。

「で、つぎはだれに引きつぐの？」

おばさんは、考えこんでいるみたいに首をかしげた。「一度、結婚していたのよ。ダコタ州の土地に家をたてて、子どもをたくさん育てるつもりだったのだけど、夫は亡《な》くなってしまったわ」おばさんは、悲しそうに笑った。「子どもはできなかった。たぶん、この仕事をするのはわたしが最後になるでしょうね」

ああ、よかった。あたしはほっとして息をふーっともらした。「もしおばさんに子どもがいたら、その子がおとむらい師になるはずだったの？」

おばさんは、ヒナギクをじっと見おろした。「どうかしら。考えたこともなかったわ。そうかもしれないわね」

「かわりにだれかにやらせようとは思ってないの？　そういう場合もあるの？」しっかりたしかめておきたい。

おばさんはくちびるのすみをぎゅっと引きしめて、あたしを見つめかえした。「おとむらいは、だれでもできる仕事じゃないわ。天から与えられた人だけのものなの」

そんなの信じられない。あたしは眉をよせた。

おばさんは、花の細い茎をねじって束《たば》にしている。「おとむらい師というのは、気高い仕事なの」おばさんの声はさっきより軽やかだった。「死者の世話をひきうけて、埋《まい》葬《そう》のしたくをして、残された家族のために骨を折るのよ」

あたしはエプロンで両手をぬぐった。緑色のしみがつく。いままで考えたこともなかったけど、とつぜんいろいろ知りたくてたまらなくなってきた。「埋葬のしたくって、どういうことをするの？」

「安らかに眠っているように外見をととのえるの」おばさんは、うれしそうな声でいった。口元に、やさしそうな笑みが浮かんでいる。

「やってて楽しい？」そんなつもりはなかったのに、思わずたずねていた。

「誇《ほこ》りをもってやっているわ。イーヴィが誇りをもって庭の手入れをしているようにね」

あたしは泥《どろ》のなかに両手をつっこんだ。黒土がひんやりしている。

「ママが、土は命を与えてくれるっていってた」

おばさんは、できあがった髪かざりをもちあげた。緑と白の真ん丸いヘアバンドに、黄色が点々と散っている。「そのとおりね。そして、死者を埋《う》めるのも土よ」

あたしは地面をじっと見おろして、泥から両手をぱっと引きぬいた。

おばさんは一歩前に出たけれど、庭には入らないように気をつけていた。「きっと、いつかイーヴィにもわかる日がくるわ」

あたしは首を横にふった。

「わたしにはわたしのやり方があるわ。でも、イーヴィがいやなら、この話はやめましょう」おばさんは言葉を切ってから、つけたした。「あと、これからバターをつくるときはプレーンバターだけにするわね」

顔が真っ赤になるのがわかる。おばさんは最初から、攪乳器をたおしたのがあたしだって気づいてたんだ。なんでそういわなかったんだろうと思ったけれど、「プレーンバターをつくってくれるの？」とたずねた。

おばさんは、こくりとうなずいた。「ええ、イーヴィのためにね」

「メイといっしょに手つだっていい？」あたしは、おそるおそるたずねた。

「もちろんよ」おばさんは、すごくうれしそうに答えた。そして、庭をさっと見わたした。

「夕食のデザートに、ケーキをつくりましょうか?」おばさんはいって、ニンジンを指さした。去年の半分くらいの大きさしかない。

「ママはニンジンケーキが好きだったの」あたしは答えて、すごく久しぶりににっこり笑った。

ニンジンケーキ

　おばさんとあたしは、デザート用のニンジンケーキをつくるのに午後の残り時間をぜんぶつかった。あたしがニンジンを細かくきざんで、こんろにかけてとろとろに煮こみ、おばさんがコーン入りのハッシュドポテトをつくるためにゆでたジャガイモをつぶした。いっしょに料理をしているあいだ、おばさんはママの思い出話をした。

「はじめて会ったのは、ハンスがお母さんと結婚《けっこん》したてのころだったわ。お母さんは、まだ若いのにすごく料理がじょうずだった。イーヴィもじょうずだものね。お母さんのおかげね」

「このケーキのつくり方だって、教えてもらったんだよ」あたしはいいながら、ママに教わったとおりにシナモンをひとつまみ加えた。「いちばんきれいになる服のこすり洗いも、ハチに刺されたときの手当ての仕方《しかた》も、教わったの」

「庭が大好きなのも、お母さんゆずりね」おばさんは、念《ねん》をおすようにいった。

「うん。ママはいつも、いっしょうけんめい育てた作物は何よりのごちそうだっていってた」

「まったくだわ」

「今年はだめだったけど」あたしは、あわれにやせたニンジンをきざみながらため息をついた。「もっとたくさん作物が実るって期待《きたい》してたのに」

「イーヴィ、あきらめちゃだめよ。まだ今年はおわりじゃないわ。これからも、お日さまが照ってあたたかくなる日がいくらでも残ってるわよ」

おばさんは、生地《きじ》にハムを加えて丸くまとめ、それに小麦粉をつけて、油であげた。

あたしはケーキにクルミを少し加えて、オーブンに入れた。ちょうどデザートの時間に焼きあがるはずだ。

メイはケーキを見つけると、ぴょんぴょん飛びあがってよろこんだ。「ママみたいなにおい！」メイはさけんだ。

「ママのニンジンケーキだもん」あたしは、得意《とくい》になっていった。

食事のあと、あたしはテーブルの真ん中にニンジンケーキをおいて、パパとメイにおひろめした。ふたりとも、おいしいおいしいといいながら、何切れも食べた。

「お母さんのつくったケーキに負けてないな。いや、それよりうまいかもしれない」パパがいった。

あたしは、うれしくて顔が赤くなるのがわかった。

「ママがつくるなかでいちばん好きなのはね、トウモロコシの粉のパンかな」メイは、考えこんでいるような顔でいった。「だけど、ニンジンケーキもおいしいよね」

「ねえ、ママのどこがいちばん好きだった？」あたしはパパにたずねた。

パパは、考えているみたいに一瞬《いっしゅん》うつむいた。顔を上げたとき、目がうるんでいた。

「ぜんぶだよ」

バグパイプとリボン

「カレドニアで来月、町の誕生《たんじょう》二十五周年のお祝いがあるんだよ」あたしは庭のようすをしらべながらメイにいった。「パレードや花火があって、野菜のコンテストもやるんだって」

「お姉ちゃんは何を出すの？」

「なんにも」あたしは、しょんぼりして首を横にふった。いっしょうけんめい手入れをして、ママの庭の作物が葉枯《はが》れ病《びょう》になったり日照りでしぼんだりしないようにがんばった。だけど、あれだけ努力してもまだ、いつものような青々とした豊かな庭にもどらない。

「イーヴィ、メイ」フローおばさんが、冷たいレモネードのグラスをもってきてくれた。

「庭もずいぶん元どおりになってきたわね」おばさんは、グラスをわたしながらいった。

あたしはしかめ面《つら》をした。「まだぜんぜんだめ。カレドニアのお祭りのとき、ママのカボチャで賞をとってリボンをもらいたかったのに」

おばさんは、腕を組んだ。「あれだけの嵐があったんだから、もとどおりにするのは並《なみ》たいていではないわ」

あたしはおばさんと目が合った。「奇跡《きせき》が必要ってこと？」

おばさんは、ちょっとためらった。「奇跡というほどではないけれど、たぶん、女の子ひとりぶん以上の力が必要かもしれないわね」

あたしは、自分の両手をじっと見下ろした。古いクルミの樹皮《じゅひ》みたいに茶色くなっている。もうあきらめかけていた。二週間後には学校がはじまるし、そうなったら庭の手入れにいまほど時間がかけられなくなる。いつもの年なら庭のカボチャは深緑色《ふかみどり》になっているころなのに、六つの畝《うね》にそれぞれ五つずつ育った苗はどれも、小さくて弱々しい。

「できるだけのことはしたんだけど、このカボチャ、どうしてもうまく育たないの」

「そうねぇ」おばさんはいいながら、カボチャをじっくりながめた。

「冬のあいだ食べるぶんもつくりたかったのに」あたしはため息をついた。

「まびきしてみたことはある？」おばさんがたずねた。

「ううん」考えたこともなかった。「いつも、それぞれの畝に五つか六つ、苗を植えてるの」

「若い苗が定着したら、それぞれの畝で育てる作物をふたつか三つにしぼって、間隔《かんかく》をおのおの二メートル半くらいあけるの。そうすれば、実が大きくなるよゆうができるわ。それから、その畝に鍬《くわ》を入れてたがやすのよ」

「うん、やってみる」あたしはいった。遠くでセミがさかんに鳴いている。もうすぐ夏がおわるしるしだ。


カレドニアのお祭りの日は、学校も休みだった。パパは朝から上きげんだ。

「なんだかんだいって、実り多い年になったな」パパは、その九月はじめの朝、食事の席でいった。「いつもより種をまく土地をふやしたから、嵐でだめになったぶんの埋《う》め合わせができた。それに庭の野菜も、イーヴィがとくにがんばったおかげでよく実ったしな」

「マメ以外はね。マメは、生き返ってくれなかったよ。そのぶん、ジャガイモがよくできたけど」あたしはフローおばさんのほうをむいた。「おばさんのいってたとおりだった。カボチャは、いちばん回復《かいふく》がはやかったよ」

「じゃあ、今日のお祭りで、リボンがもらえそう？」おばさんはたずねた。

「もしかしたら」あたしは、希望《きぼう》でちょっと胸がふくらんだ。

朝食のお皿を片づけたあと、あたしたちは出発した。いちばんりっぱに見えるママのカボチャをいくつか選んでかごに入れて、荷馬車《にばしゃ》のうしろにつんだ。おばさんは、デザートコンテストに出すブルーベリーパイをひざの上にのせていた。

「『ボーイズ・イン・ブルー』はぜったいに見たい」メイは、楽しみにしてるパレードの出し物を見そこねるんじゃないかと心配していた。道が荷馬車だらけで混んでいたからだ。あたしたちは町から一キロ近くはなれたところに馬車をとめて、村々から来た人たちといっしょに歩いた。みんな、コンテストに出品する食べ物や野菜の入ったかごをもっている。

「おや、まあ」おばさんが声をあげた。テーブルの上に、数えきれないほどのブルーベリーパイがのっているのを見たからだ。

「フローのパイがいちばんおいしいに決まってるさ」パパがおばさんをはげましました。

あたしはカボチャを受付《うけつけ》に出して、番号ふだをもらった。これで、あたしが出したカボチャだってわかる。それからパパとおばさんとメイのところに行って、パレードを見物した。

カレドニアの戦争の英雄《えいゆう》たちが行進し、タータンチェックの衣装《いしょう》を着たスコットランドのバグパイプ吹きの人たちが演奏しながら歩いていくのを見て、あたしたちは歓声をあげた。そして、町がどんなふうにできあがったかを話す市長の演説《えんぜつ》をきいた。それからあたしたちはデザートが乗っているテーブルのところにもどってきた。四十種類以上のケーキが、パイやとれたてのスイカといっしょに用意されていた。

トウモロコシの粒《つぶ》を軸《じく》からとる競争やら薪割《まきわ》りやら、いろんな種類のコンテストがひらかれていた。パパは一日で、この一年間で笑ったぶんよりもたくさん笑った。おばさんは、記念キルトを縫《ぬ》うのに参加した。あたしはメイをつれて、野菜のコンテストがおこなわれているテーブルにもどってきた。

自分が出したカボチャ、わかるかな？　長いテーブルが四つあって、元気のいい緑や黄金《こがね》色の野菜が山のようにつんである。あたしはテーブルを順番に見て歩きながら、59番のカボチャをさがした。

「三つ目のテーブルに乗ってるはずなんだけど」あたしはメイにいった。「59番だよ」

あたしたちは、自分の番号をさがして歩きつづけた。

「お姉ちゃん、あっちのテーブルじゃやない？」メイが、最後のテーブルを指さした。色とりどりのリボンでかざられた野菜がいっぱい乗っている。

あたしは、カボチャについている番号を目で追った。白いリボンがついた三番目のカボチャに、見おぼえがある。

「59番だ」あたしは声をあげた。そして、もっているふだと照らしあわせて、番号が合っているかどうかたしかめた。「三等だ。リボンをもらえたよ！」あたしはメイといっしょにきゃあきゃあいいながら、とびはねて大よろこびした。

おばさんのところにかけていくと、ぎゅっと抱きしめてくれた。「入賞するってずっと信じていたわ」

「ありがとう、フローおばさん」うれしくてたまらない。抱きしめられたのも、なんだかいやじゃない。パパとメイとおばさんとあたしは、スコットランドふうのディナーでお祝いした。あたしの大好物のブラックプディングも出てきた。

そのあと、町の人たちは花火を見物するために、公園の近くに毛布《もうふ》を広げた。そこで、エドワードに会った。エドワードは、つづり字コンテストでリボンをもらっていた。

「おばさんってどんな人？　好き？」公園にむかっているときに、エドワードがたずねた。エドワードのお姉さんのガーティとリタが、あたしたちの前を歩いている。ふたりはこちらをふりかえってくすくす笑うと、ひそひそ話をしていた。

「うーん、どうかな」あたしは肩をすくめた。なんだか、まだみとめたくない。ほんとうは、毎朝おばさんがうたう鼻歌《はなうた》がきこえてくるのにもすっかりなれてきたし、おばさんがふざけてパパをからかうのを見るのはおもしろい。おばさんは、きびしく思える態《たい》度《ど》をとることもあるけれど、なんだかあったかい。パパがドイツ語できたない言葉《ことば》をいうと、しかりつけて、すぐにこちらをむいてにっこりする。ただのじょうだんよ、というふうに。

そういえばおばさんは、あたしがバターをこぼしたことをパパにだまっていてくれた。カボチャのことでたすけてくれたし、あたしが庭でとった野菜をぜんぶ缶につめてくれたけど、ぜったいに庭には入ってこない。いまでもママとあたしだけの大切な場所だってことをわかってくれてるみたいだ。大きな手で毎日メイの髪《かみ》をやさしく編んでいる。あたしはよく髪をねじっておだんごにしているけれど、つい、自分もおばさんに編んでほしいと思っていることがある。

「ぼくは、好きだな」エドワードが静かにいった。「ぼくたち家族は、おじいちゃんが死んだときにおばさんがやってくれたこと、ぜんぶ感謝してるんだ」

「どういうこと？」

「おじいちゃんを、あんなにきちんと埋葬《まいそう》してくれたからさ。母さんが、あれは才能だっていってた」

いままで、才能だなんて考えたこともなかった。おばさんは、天から与えられた仕事だっていってたっけ。

「おばさんは、この郡《ぐん》のおとむらいをぜんぶするの？」エドワードがたずねた。

「わかんない」あたしは答えた。そうか、おばさんは、ずっといそがしくしてる可能性もあるんだな。とくに、もっと大きい町ならいくらでも仕事がある。てっきり、近所の人とかたまには町の人たちにたのまれたときだけ、おとむらいをするものだと思っていた。

夜空の下で花火をながめながら、あたしはフローおばさんのことを考えていた。おとむらいのなぞをとくかぎは、おばさんのベッドの下のあの木箱のなかにあるはずだ。そして箱のなかに何が入っているのか知る方法は、ひとつしかない。

盗んだ木箱

真夜中《まよなか》をすぎてから、あたしは思いきって屋根裏《やねうら》部屋をこっそりぬけだした。木の階段がきしんでかすかな音を立てる。あたしはそーっと一階におりていった。

おばさんの部屋のドアは、少しあいていた。あたしは冷たい木のドアにおなかをすりよせて部屋のなかにするっと入ると、糸を編んでつくった敷物《しきもの》の上を歩いて、ベッドの角に立った。外の木のすきまからさしこんでくる月明かりが部屋を照らしているけれど、ベッドの下は見えない。あたしは手をつっこんで、箱に当たるのを期待《きたい》してベッドの下をさらった。何かにふれたので、明るいところに出してみると、おばさんの靴だった。

やめときなよって、心のなかで声がする。パパはかんかんになるだろうし、おばさんもおこるだろう。おばさんがやさしくしてくれるから、きらいでいるのがどんどんむずかしくなってきた。だけど、好奇心《こうきしん》には勝てずに、あたしはベッドの下で手を動かしつづけた。べつの何かに手がふれたので、ゆっくりとその四角いものをとりだした。てっぺんを指でさわると、箱のふただとわかった。

ふいに、ベッドのわきに何かが落ちてきて、あたしの髪《かみ》をかすった。おばさんの手だ。あたしの上に、だらりとたれさがっている。もう数センチであたしの頭にふれる。あともどりはできないから、かわりにベッドの下にもぞもぞ入った。

かすかな明かりがベッドの反対側の角を照らしていたから、あたしはそっちにちょっとずつ自分の体と箱をずらしていった。箱をかかげて光に当ててみようとすると、コトリと音がした。

あたしは片手をそっと箱のなかにいれた。なかに入っているものを見て悲鳴《ひめい》をあげるといけないから、もう片方の手を口に当てる。おばさんが寝返りをうったらしく、上でベッドがきしむ音がする。あたしは息をひそめて、おばさんの静かな寝息《ねいき》にじっと耳をすませた。そして手を箱から出して、そっとまたふたを閉めた。それから、箱をもったまま少しずつうしろにさがって、屋根裏にむかった。おばさんの箱を盗むなんていけないことなのはわかってる。だけど、がまんできない。何が入っているのか、どうしても知りたい。あたしは箱を自分たちのベッドの下におしこんだ。メイより先に起きて、朝の光のなかで中身をたしかめよう。

　眠る前に、下の階から足音とママのロッキングチェアの音がきこえてきた。パパ、また眠れないんだな。おばさんがパパの枕にホップの実を入れて、ぐっすり眠れるようにしてくれたのに。あたしが庭でママの姿を見ることがあるみたいに、パパもロッキングチェアにすわっているママを見ているのかな。そう思うとなんだか安心して、あたしはうとうとしはじめた。


　つぎの日、あたしは寝坊《ねぼう》して、学校におくれるわよとおばさんに起こされた。家を出る前に、木箱をベッドのさらに奥のほうに押しこんで、念《ねん》のためにその手前に冬用のペチコートをつめこんだ。それから、学校に走っていった。帰ったらすぐ、箱の中身をじっくりたしかめよう。

　その日は、時間がなかなかたたないような気がした。算数のテストなんかあったものだから、よけいだ。屋根裏部屋に箱がおいてあると思うと、いてもたってもいられない気分だ。ひとりっきりになるために、どうやってメイを追いはらおう？　あたしのぬいぐるみをいくつか外にもっていって、好きに遊んでいいよっていおうかな。ママがつくってくれたいちばんお気に入りのぬいぐるみも貸してあげよう。

だけど、そんな計画はぜんぶ、意味がなかった。家に帰ってみると、パパがキッチンでメイとふたりですわっていた。

「フローおばさんは？」あたしはたずねた。

「おとむらいをたのまれて出かけたよ」パパが答えた。「イーヴィが帰ってくるのを待ってたんだ。パパはまだ、やりかけの用事が残ってるからもどらなくちゃいけないんでね。洗濯をおえて、夕食のしたくをしてくれないか」

「おとむらい？」声がひっくりかえった。「どこへ？」あたしは、うろたえないように自分にいいきかせながら、いっしょうけんめいふつうの声を出そうとした。

「郡《ぐん》の反対側だよ。うつってきたばかりの家族が、父親を伝染病《でんせんびょう》で亡《な》くしたんだ。たぶん、また東にもどることになるだろうな」パパは気の毒にという目で首を横にふった。

胸の奥に、大きなもやもやが集まりだした。おばさんはきっと、箱が見つからなくてパパに何かいっただろう。だけどパパは、何ごともなかったみたいにしている。パパは、おこっているのをかくすようなタイプじゃない。どうしたらいいかわからなくて、あたしはやっとのことで「あ、そう」とだけ返事をした。

パパがいなくなるとすぐ、あたしはメイにむきなおった。ものすごい勢いだったので、メイはおどろいたようにあとずさりした。

「あたし、なんかした？」メイは、テーブルのうしろで小さくなっている。

「メイ、外に出てて！」あたしはぴしゃりといった。おばさんがもどってこないうちに、木箱をおばさんのベッドの下にもどさなくちゃ。こわくて心臓がどきどきするし、顔がかーっと熱くなる。

　メイが顔をくしゃくしゃにしたので、泣きだすかと思った。あたしは必死《ひっし》で気持ちを落ちつかせて、むりやり笑顔をつくった。「ごめん、メイ、なんでもないの。ただ、外に出て遊びたいんじゃないかなって思っただけ」

　あたしの声があせっていたので、メイは何か感じとったらしい。急に意地《いじ》をはりだした。「ううん、いい」そういってメイはあたしをからかうようにキッチンをスキップしてまわった。

「でもね、メイ、あたしは家のなかでやらなきゃいけないことがあるの。洗濯もおえなきゃいけないし、夕食もつくらなきゃ。外で遊んでてよ」

「ううん、遊ばない」メイは、がんとしていいはった。

ああ、いらいらする。あたしは足をどんと床に打ちつけた。このままだとメイは、屋根裏部屋まであとをついてきて、あたしがベッドの下をごそごそやっていたら何をしてるのかとふしぎがるだろう。メイにほんとうのことをいうなんて、ぜったいにできない。メイの秘密は、五分ともたずに口からとびだす。バターの攪乳器《かくにゅうき》のこともあったから、メイがあたしのことを告《つ》げ口《ぐち》しないはずがない。あ、そうだ、ぬいぐるみっていう手があった。

「外にいくなら、ぬいぐるみを貸してあげる」

メイは、ぬいぐるみでもだまされなかった。「ううん」ふてぶてしく返事をするメイは、まるであたしがどんなに追いはらいたがってるか、わかっているみたいだ。

「あ、そう」あたしは、とうとういった。「外に出ないなら、手つだってもらうからね。インゲンマメを枝からとるの、得意《とくい》だよね。見せてもらおうっと」

メイは、しばらく考えていた。インゲンマメを枝からとるのはかんたんだから、いつもメイの役目と決まっている。メイが、その作業《さぎょう》が大きらいなのは知っている。とうとうメイは、あたしのほうをむいて首を横にふった。「やだ、やらない。おもてにきれいな小石をさがしに行ってくる」

「遠くに行っちゃだめだよ」あたしは注意した。内心、やっと追いはらえてうれしくてたまらなかった。

屋根裏部屋のドアに近づくにつれて、胸がざわざわしてきた。心のなかではもう、どうやったらおこられずにすむかということばかりがぐるぐるかけめぐっていた。

ベッドの下のすみっこに箱をおけば、おばさんは自分がさがしたときにうっかり見落としたって思うかもしれない。そういうまちがいって、だれにでもあるものだ。

学校から帰ってきてはじめて、心が軽くなった。やっと希望の光が見えてきた。ところがその希望は、あっけなく消えた。自分の部屋に入ったとき、あたしはぞっとした。ベッドのはしっこに、きちんとたたまれておいてあったのは、あたしのペチコートだった。

胸の痛み

それからの数時間くらい、時間を長く感じたことはなかった。あたしのベッドの下に、木箱はなかった。おばさんのベッドの下もさがしてみたけど、やっぱりない。おばさんは、箱をもっていったんだ。もちろん、あたしが盗んだのはわかってるはずだ。

なんてことをしちゃったんだろう。こんなに後悔《こうかい》したのは生まれてはじめてだ。パパに正直に打ち明けようかとも思ったけど、とても言葉《ことば》が出てきそうにない。かわりにあたしは、キッチンをきれいにそうじして、洗濯物をほして、キャベツをゆでた。そのあいだずっと、いまにも心臓が口からとびだしそうな気分だった。もうすぐおばさんが帰ってくる。そうなったら、おばさんとパパに面とむかいあわなきゃいけない。箱のなかに何が入ってるのか、たしかめることもできなかった。あれだけ苦労してなんにもならなかったのに、そのせいでおこられなきゃいけないなんて。夕食のしたくをすると、パパがもどってきて食べながら、今日はいつになくおとなしいな、といった。

「具合《ぐあい》でも悪いのか？」

「ううん、だいじょうぶ」

「お姉ちゃん、あたしのこと、どなったんだよ」メイが口をはさんできた。

「何か心配ごとでもあるんじゃないか」パパがいった。

あたしはうつむいたまま、だまっていた。

その日の夜は時間がたつのがおそくて、何をやってもぜんぜん集中できなかった。ちょっとでも音がきこえると、やっていることをやめてドアのところに走っていく。ほかにだれもいないところで、おばさんにあやまりたい。だけどそのうちパパがあくびをしながら、もう寝たほうがいいといった。あたしはぐずぐずして、できるだけゆっくり行動したけれど、とうとうパパにランプを消されてしまった。眠れっこないのはわかってる。あたしがしきりに寝返《ねがえ》りばかり打ったので、そのうちメイが、お姉ちゃんのせいで眠れないってパパにいいつける、といいだした。それからは、じっと横になっていた。おばさん、早く帰ってきて。こんなことはさっさとおわりにしたい。

つぎにおぼえているのは、だれかにゆり起こされたことだ。目をあけると、おばさんが立っていた。外からかすかな明かりがさしこんでいる。もう夜が明けていた。

「早く起きて。学校におくれるわよ」

おばさんのあとについてキッチンに行くと、いつも裏口においてあるパパのブーツがない。もう、仕事をしに外へ行ったらしい。

「きのうは、帰りがずいぶんおそかったんだね」あたしは、必死《ひっし》で明るい声を出した。

「話がしたくて起きて待ってたんだけど」

「いまは話している時間はないわ」おばさんは、そっけなくいった。「朝食はテーブルの上よ。いそがないと、おくれちゃうわ」

あたしはしたくをして、おなかに重たいものをかかえたまま学校へむかった。朝食のパンケーキがつかえているみたいだったけど、この重さの原因がべつにあるのはわかっている。おばさんは、箱のことをなんにもいわなかった。罪悪感《ざいあくかん》が一日じゅう消えない。ああ、あたし、とんでもないことをしちゃった。どうしよう、おばさんはあたしの秘密を知っていて、いまパパに話しているところかもしれない。

ぼーっとしていて授業中に二度も注意されて、はじめて罰《ばつ》として指の関節《かんせつ》をぶたれた。恥ずかしかったけれど、これから起きるはずのことにくらべたら、まだたいしたことないような気がする。

放課後《ほうかご》、あたしはのろのろと家まで歩いた。エドワードも、お姉さんたちといっしょにあたしをおいこしていった。パパがおばさんの味方をするのはわかってる。箱を盗んだ自分が悪いんだ。とうとうあたしは、こそこそするのはやめようと決心した。ちゃんとあやまって、罰を受けよう。前に本で読んだ、ゆうかんにライオンに立ちむかった殉《じゅん》教者《きょうしゃ》たちのように。

家のなかに入っていくと、パパが待っていた。

「フローおばさんの具合が悪いんだ。ただの風邪《かぜ》だといっているが、寝かせたよ。今夜は食事のしたくをたのむ」そして、パパは仕事をしにまた外へ出ていった。

メイはママの病気のことを思い出したみたいに、ずっと気づかっていた。あたしも心配だった。ママの病気は、くらべものにならないほど重かったけれど。

おとむらいの仕事でおそくまで出かけていたから病気になったんだ。そう思ったら、ふいにもうしわけない気持ちでいっぱいになった。

あたしはおばさんに、ポテトスープとお茶をもっていった。

「ありがとう、イーヴィ」おばさんは体を起こした。顔色が悪く、つかれきったようすだ。

「フローおばさん……」あたしは小さい声でいった。「おばさんの木箱のことで話があるの」あたしは、いたたまれなくなってうつむいた。

「わたしのおとむらい用の箱は、いつもおいてあるベッドの下にあるわ」おばさんは、きっぱりいった。「この話は、もうおしまい」

あたしは顔をあげておばさんを見つめた。おこってがっかりした顔をしているかと思ったら、おばさんの目には、あなたがどんなに悪い子でもかわらず愛していますよ、という表情があふれていた。


つぎの日、フローおばさんは具合がよくなったからと起きてきて、こんろの前にいたパパをどかして朝食をつくってくれた。

「あたし、家に残って手つだうよ」あたしはいった。

おばさんは首を横にふった。「その必要はないわ。ちょっとつかれが出ただけだから。一日じゅう寝ていたりしたら、二度と元気になれなくなっちゃうもの」

あたしは家を出る前におばさんに笑いかけて、はたらきすぎちゃだめだよ、といった。

おばさんは、あたしの背中をぽんぽんとたたいた。

その日は、学校で勉強しているあいだも心が軽くて、一度もしかられなかった。放課後も、エドワードに家まで競争しようといった。負けてしまったけれど。

その夜、おばさんはまだつかれが残っているみたいだったけど、気分はよさそうで、ダコタ州にいたころの話までしてくれた。みんな、さみしくてきびしい冬をおたがい助けあって乗り切れるように、それぞれの土地のはしっこにとなりあわせに芝土《しばつち》の家を建てたのよ。プレーリーの女性はみんなたくましくて、五十メートルくらいはなれたところからヘビを撃《う》ち殺せる人もいたの。

それからおばさんは、パパとの子ども時代の話もしてくれた。アメリカに来る船の上で、お兄さんをふたり、チフスで亡《な》くしたそうだ。パパの知らない兄弟だ。

「そのうちのひとりがハンスという名前だったの。アメリカに来て男の子が生まれたとき、母は亡くなった息子の名前をつけたのよ」

「そのお兄さんのこと、おぼえてる？」あたしはたずねた。

「ううん。まだ小さかったし。わたしがたった五歳のときよ」

あたしはメイを見つめた。メイもちょうど五歳だ。メイもママのこと、忘れちゃうのかな？

夜のノックの音

うとうとしたとき、ドアをバンバンたたく音にはっとして目がさめた。パパがサスペンダーをかけていそいでドアにむかうのが見える。おばさんも、ランプをもってパパのすぐうしろにいる。あたしも、ふたりのあとをついていった。メイは、目をさましもしない。おばさんのほうをむいて話しかけようとしたけど、おばさんはしーっといった。パパが、だれが来たのかとドアをあけた。

ドアの外に立っている人に見おぼえはないけれど、とりみだした顔をして、両手でハンカチをもみしだいている。

「こんばんは、ポールソンさん」パパはいって、一歩さがってなかに入るように手招《てまね》きした。あたしはおばさんといっしょに、壁にはりついて立っていた。

「夜分《やぶん》おそくすみません、メンネンさん。どうしても、お姉さんのお力をお借りしたいんです。家族が亡《な》くなったもので」

パパはポールソンさんの肩をぽんとたたいて、おばさんのほうをふりむいた。おばさんの顔は、風邪《かぜ》のせいでまだ熱っぽい。

「姉はかげんが悪いんです」パパはいった。

ポールソンさんは、話をつづけた。「亡くなったのは、長女のクララなんです。子どもを産んだんですが、かなりの難産《なんざん》でね。医者がやっとのことで赤ん坊をとりあげたんですが、クララには負担《ふたん》が大きかったんでしょう。医者が夜じゅうずっとついててくれたんですが。クララは息をひきとりました」ポールソンさんは、そこで言葉《ことば》をつまらせた。

「すぐにしたくします」おばさんはいって、着がえのために自分の部屋にいそいだ。

パパはあたしのほうをむいた。「イーヴィ、おばさんはまだ具合《ぐあい》が悪い」心配そうな顔をしている。「手つだいが必要かもしれない」

あたしはパパを見つめた。何をいわれているのか、よくわからない。

「イーヴィ、おばさんといっしょにいってあげなさい」

あたしは目を見ひらいた。喉《のど》のあたりがぎゅっとちぢこまる。「だってパパ、あたし、おとむらいのことなんかなんにもわかんないよ」

「おばさんがいうとおりにやればいい」

あたしは、ためらった。「でも、できなかったら?」

パパはあたしの肩に両手をおいた。「フローおばさんが、どれだけよくしてくれたか、考えてごらん。勇気《ゆうき》がわいてくるはずだ」

あたしはおばさんのあとを追った。おばさんは、部屋でしたくをしていた。あたしはベッドの下から木箱をとりだして、おばさんにさしだした。

「パパに、いっしょに行けっていわれた」

おばさんはワンピースのボタンをかけていたけれど、手をとめてあたしをじっと見つめた。信じられないというふうに目を丸くしている。「イーヴィ、やめたほうがいいわ」

「手つだいたいの」あたしはいいはった。

おばさんは、あっちにいってなさいというふうに手を動かした。「イーヴィ、あなたはまだ子どもなんだから、心配しなくていいのよ」

「おばさんは、いくつのときにおばあさんに教わったの?」

おばさんは、一瞬《いっしゅん》考えこんだ。「わたしがはじめてオマ(おばあちゃん)といっしょにおとむらいに行ったのは、イーヴィと同じくらいのときだったわ。でも、それとこれとはちがうから」

「お願い、おばさん。あたし、じゃまにならないようにするから」

おばさんは、困《こま》ったような顔であたしを見つめた。「ほんとうに行きたいの？」

「うん」あたしは、わかってもらうために、きっぱり返事をした。

おばさんは、まだためらっている。「わかったわ。だけど、すごく静かにして、質問はしないこと」

そのとき、あたしは自分でも思いがけないことをした。おばさんに抱きついたのだ。

「わかった」あたしは、自分でもどうしたんだろうと思いながらも、いった。「約束する」

おとむらいのやり方

　あたしはポールソンさんの馬車のうしろで、ねずみ色のすりきれた毛布《もうふ》にくるまっていた。馬車は郡《ぐん》の反対側にむかっている。夜になって冷えてきたけれど、おばさんは気にならないみたいだ。背筋《せすじ》をしゃんとしてすわって、暗い道をまっすぐ見つめている。おばさんのとなりにおいてあるランプの光が、道に立つ大小さまざまな木々をふしぎな形に変える。ポールソンさんはしずんだようすで、たまに静かな声でおばさんに話をしていた。

「あの子は、わしらの最初の子だったんです」ポールソンさんは何度となくいった。
　うとうとしていると、馬車がゆっくりと木の立ち並ぶ小道に入っていった。いままで行き先を照らしてくれていた月明かりさえとどかない。あたしの歯ががちがち鳴った。寒さのせいなのか、この先待っているものがこわいせいなのかはわからない。胃のあたりがざわざわする。

ポールソンさんの一家は、木々にかこまれた小さい家に住んでいた。大きな道から一キロ近く入った場所だ。小川の流れる音が夜の静けさのなかにひびきわたり、馬たちのいななきが、あたしたちが着いたことを知らせた。窓に小さい明かりがちらついて、ふと見ると、近づいていくあたしたちの前でドアがかすかにあいた。目を真っ赤にしたポールソンさんの奥さんが、ドアのところであいさつした。

なかに入ると、暖炉《だんろ》のそばの暗がりから泣き声がきこえてきた。ポールソンさんの奥さんが、ゆりかごのほうにいそいで行き、毛布にきっちりくるまれた赤ん坊を抱きあげた。

「おかげさまで孫《まご》はぶじに生まれてきました」奥さんは、静かにいった。あたしは、小さい赤ちゃんをながめた。小さい頭に、明るい色の髪《かみ》がぽしゃぽしゃ生《は》えている。あたしは、その子がかわいそうでたまらなくなった。赤ちゃんはしきりにもじもじしている。もしかして、お母さんが亡《な》くなったことに気づいてるのかもしれない。

ポールソンさんの奥さんが、お茶でものんであったまってください、といってくれた。「あとにしておきます」おばさんがいった。「まず、やるべきことをやってしまったほうがいいでしょう」

ポールソンさんの奥さんが、あたしたちを家の奥にあるベッドルームにつれていった。髪も目も黒い若い男の人が、ベッドに横たわった人をじっと見つめている。男の人は、十八歳くらいに見えた。フローおばさんは部屋の外でいったん立ちどまって、あたしを見た。

「イーヴィ、なかに入らなくてもいいのよ」

あたしは首を横にふった。「ううん」出たのは、ほとんどささやき声だった。胃がざわざわしっぱなしだったし、頭がくらくらしていたけれど、それでもあたしはいった。

「手つだいたいの」

おばさんは、男の人にお悔《く》やみをいうと、長い板をもってきてほしいと静かな声でたのんだ。男の人は、自分が何をしているのかわかってないみたいに、ぼんやりと部屋を出ていった。

おばさんは、ベッドの横においてあった水の入ったたらいと石けんをとると、その横に布とタオルをおいた。それから木箱をあけて、ブラシと、何かの粉が入った丸い入れ物をとりだした。そのあと、一セント銅貨《どうか》を二枚と、ハーブとスパイスの混ざったものが入った袋と、Y字型の枝を一本、とりだした。

男の人が板をもってもどってくると、おばさんはその上にきれいな白いシーツをかぶせた。そして、男の人といっしょに、ベッドに寝ていたクララをその上にうつした。それからおばさんは男の人に、古い布を何枚かとってきてほしいといった。

男の人はすぐに、小さいリネンを数枚もってもどってきた。

「もう休んで、生まれたばかりの息子さんを見てあげてください」おばさんは男の人にいった。「奥さんのことは、わたしがきちんとしますから」

男の人はまだぼう然としていたけれど、目に少し光がもどってきて、おばさんにお礼をいうと出ていった。

おばさんは、てきぱき動きだした。まず、クララのガウンをぬがせる。それから布を手にとると、甘い香りのするハーブとスパイスを水にとかしてクララの体をていねいに洗った。石けんで髪も洗った。そのあと、部屋のすみっこにかかっていたレースの高いえりのついたラベンダー色のワンピースをとって、クララの体にかけた。

つぎにおばさんは、クララにストッキングと靴をはかせて、ブロンドの髪をとかしはじめた。おばさんの手つきがあまりにも自然なので、その女の人が生きてるような気がしてしかたなかった。

あたしは思いきって、クララの手や腕を見た。それから髪を見た。すごくきれいでふさふさしていて、金色に波うつ長い髪だ。そしてとうとう、すごくゆっくりと、あたしはクララの顔のほうに視線を動かした。きれいな小さい顔で、おだやかな表情を浮かべている。目は、半分閉じていた。

おばさんは、優雅《ゆうが》なしぐさで銅貨をつまみあげた。箱のなかでカタカタいっていたのは、これだったんだ。おばさんはクララの両まぶたを閉じ、一個ずつ銅貨をおいた。そして、静かな声でいった。「こうすれば、目がひらかないのよ」

あたしは、部屋に入ってから身じろぎひとつしなかった。「イーヴィ、枝をちょうだい」おばさんがいった。こわくて体がすくんで、あたしは同じ場所にじっとしていた。少しでも動いたら気を失ってしまいそうだ。だけど、足が勝手《かって》に動きだして、あたしはなんとかおばさんに枝をわたした。

おばさんは、そのY字型の枝をうけとると、クララのあごにつっかえ棒をした。そして、枝をレースのえりの下に入れてかくした。「頭をささえて、口がひらかないようにするためよ」おばさんは、えりを直しながらいった。

おばさんは、リネンに樟脳《しょうのう》をふくませて、クララの腕と手をおおった。

「これで、皮膚《ひふ》が白いままでいられるの。そうしないと、変色してしまうから」おばさんは説明した。「朝になったらお葬式《そうしき》の前に布をはずすのよ」

それからおばさんは、粉をとってクララの顔にはたいた。

「濃い色の粉で、青白い顔色をかくすの」

フローおばさんは、かわいたバラの花びらを粉にしたものをリネンにつけ、クララのほっぺたにちょんちょんとのせた。そのあと、クララの頭の下にまくらをさしこむと、静かな満足の表情を浮かべて、一歩さがった。

あたしは、はじめて口をひらいた。「なんだか眠ってるみたいだね」

「ええ」おばさんはうなずいた。「安らかに眠っているわ」おばさんはベッドの横のロッキングチェアにすわると、聖書《せいしょ》を手にとった。「あとはすわって待ちましょう」

「何を待つの？」

「朝が来るのを、よ。夜のあいだ、だれかが遺体《いたい》を見ていてあげなければいけないから。ほら、もうすぐ夜が明けるわ」

ふいに、部屋がしんとして感じられた。おばさんはゆっくりといすを前後にゆらしながら、聖書を読んだ。おばさんのくちびるが、聖書の言葉《ことば》をつむいでいく。おばさんの顔はまだ熱っぽかったけれど、具合《ぐあい》が悪そうには見えない。あたしはそろそろと部屋のすみっこに移動して、そこにうずくまった。それでもまだ、部屋の真ん中に寝ている女の人を見つめていた。フローおばさんと、あたしと、死。三人きりで、いっしょにいる。

それから一時間くらい、おばさんとそこにすわっていた。おばさんはずっと、いすをゆらしながら聖書を読んでいる。体の力がだんだんぬけてきて、あたしは部屋のすみっこで壁によりかかってすわっていた。それから、おばさんの横の床においてある箱を見つめた。銅貨があと二、三枚と、枝と、粉とハーブとスパイスと、かわいたバラの花びらが入っている。その横には、フローおばさんがいた。おばさんは、悲しみにしずむ家族のために、死の痛みをやわらげている。おばさんがいすをゆらすのをながめていたら、まぶたがだんだん重たくなってきた。

バン、バン、バン！　何かをたたく音にはっとして目がさめて、あたしは窓にかけよった。明けがたのかすかな光のなかで、ポールソンさんがクララの棺《ひつぎ》をつくっているのが見える。あたしは、板の上で寝ているクララを見つめた。女の人というより、まだ少女に見える。クララのつやつやした長い髪が、朝日にきらめいていた。

そして、あたしは泣きだした。

おばさんがあたしを見つめて、腕をひろげた。あたしはおばさんのところに走っていって、ひざの上に身を投げだした。おばさんは大きな腕で、あたしをぎゅっとつつんでくれた。

「泣いていいのよ。イーヴィ、思いっきり泣きなさい。悲しみを外に出してしまいなさい」

永遠《えいえん》に泣いていたような気がする。そのうち、涙が枯《か》れてしまった。ママが死んでから、はじめて泣いた。それ以上涙が出てこなくなって、くたくたになると、あたしはおばさんの腕のなかですーっと眠りに落ちた。

命の贈《おく》り物

夢だったの？　あたしはベッドから飛びおきて、キッチンに走っていった。メイがテーブルの前にすわって、好物のあったかいオートミールのおかゆを食べている。スプーンですくって口に流しこみ、あたしが立っているのに気づくとにっこりした。

「お姉ちゃんの寝ぼすけ！」メイはあたしをからかった。あたしは無視《むし》して、ふりかえった。お日さまはもうキッチンの床を半分くらい照らしている。また寝坊《ねぼう》しちゃったってことだ。

「パパとフローおばさんは？」

「パパは羊にえさをやってる。フローおばさんは、お姉ちゃんが寝ぼすけだから、かわりに庭の手入れをしてるよ」あたしがその場からずっと動かないので、そのうちメイがきいてきた。「お姉ちゃん、病気なの？」

あたしは返事もしないで、走って外に出て庭にむかった。むこうから、鼻歌《はなうた》がきこえてくる。おばさんがひざをついて、あたしが庭のひとすみをかこむように植えたフジバカマの白い花のまわりから雑草をぬいている。小春日和《こはるびより》のなか、庭に残っている作物は、メロンが数個とトウモロコシが二個だけだ。

あたしは足をとめて、木のうしろにかくれておばさんをながめた。おばさんの顔は、お日さまの光を浴びてかがやいているようだ。ききおぼえのあるドイツ語の歌をうたっている。ふいに、あたしは気持ちがふわっと軽くなった。まるで、ずっと重くのしかかっていた石が割れてこなごなにくだけちったみたいに。

つぎの日、またフローおばさんを呼びにきた人がいた。ウィリアム・フリードリックさんだ。たしか、奥さんのソフィの出産《しゅっさん》が近いはず。

「ええっ、まさか……」あたしは、ウィリアムの馬車がうちの前の泥道《どろみち》に入ってくるのを見て、ひとりでつぶやいた。「かわいそうに。ソフィが亡くなったんだ。それとも、死んだのは赤ん坊のほう?」学校で見かけたことのあるソフィの顔が目に浮かぶ。あたしよりもずっと学年は上だったけれど。

パパは納屋《なや》にいて、動物たちにえさをやっていたから、おばさんが出ていってウィリアムと話をした。しばらくすると、おばさんはもどってきてショールをつかんだ。

「お父さんに、わたしはフリードリックさんといっしょに出かけるけど、帰りはそんなにおそくならないと伝えておいて。メイをよろしくね。それと、夕食のしたくをする時間までにもどってこなかったら、ジャガイモをゆではじめてちょうだい」

「おばさん、箱を忘れてるよ」

「今日はいらないのよ、イーヴィ。フリードリックさんから、赤ん坊をとりあげるのを手つだってほしいとたのまれたの。お医者さまは、スティンさんの炎症を診《み》るので手がはなせないから」

「じゃ、だれも亡《な》くなってないの？」

「そうよ、イーヴィ。神さまのおぼしめしで、元気な赤ん坊をとりあげる手つだいをするの」

あたしは、ぽかんとした。「おばさん、お産の手つだいもできるの？」

「ええ、何度もやってるわよ」おばさんはウインクをして、つけくわえた。「命のおわりだけではなくて、はじまりを見るのはいいものね」

あたしは、フローおばさんが出かけていくのを見送った。馬車が町のほうへ走っていく。すごい。おばさんって、いろんなことを知ってるんだな。いままであたしは、おばさんにあんまりやさしくなかったのに、それでもおばさんはメイやパパやあたしのめんどうをみてくれる。

おばさん、早く帰ってこないかな。ソフィの赤ちゃんの話をききたい。あたしはジャガイモを火にかけ、敷物《しきもの》のほこりを払うと、リビングの床をはいた。そしてテーブルの前にすわって、学校の勉強をした。

それから、町の近くの墓地《ぼち》に埋《う》められているポールソンさんのところのクララのお墓にそなえるつもりのお悔《く》やみのカードを書いた。一週間のうちに、ふたりの子どもが生まれることになる。ふたりはいつか、いっしょに学校にかようようになるだろう。友だちになるかもしれない。パパが家にもどってくるころには、あたしはくたくただった。

「赤ちゃんが生まれるのって、どれくらいかかるの?」あたしはパパにたずねた。

パパはどうかなというふうに首をふった。「まちまちだよ。だが、イーヴィのときは時間がかかったぞ。丸太を二束ひもでくくっても、まだ時間があまった」

やっとのことで家の前の道に馬車が入ってきたとき、あたしは外にかけていっておばさんにおかえりなさいをいった。「赤ちゃんは元気？」

「ええ」おばさんはうなずいた。「健康な女の子の赤ちゃんよ」

「女の子」あたしはくりかえした。

「名前は、フリードリックさんの奥さんのお母さんからもらって、コンスタンスにしたのよ」

「あたしに娘ができたら、ママからもらってローズにしようっと」

おばさんは眉《まゆ》をよせたけれど、声は明るかった。「いい考えだけど、あわてて結婚しちゃだめよ。その前に学ばなければいけないことがたくさんあるのを忘れないで」

おばさんは馬車からおりて、あたしの肩に手をかけた。「たとえば、そうね、まずは咳《せき》の出る風邪《かぜ》をひいたときにはるカラシの湿布《しっぷ》をこしらえるのを手つだってもらいましょうか」

「うぇーっ」あのにおいを思い出して、あたしは鼻をおさえた。

おとむらい師の助手

ミネソタ州にあたらしく移住《いじゅう》してきた人たちはよく、ひと冬すごしたあとでこの土地を去る。パパは冬をいくつも越したことをほこりにしているけれど、あたしたちはみんな、今年の冬はいつまでもおわらないような気がしていた。吹雪《ふぶき》で庭に雪がどんどんつもり、そこにあったはずのあらゆるものが見えなくなり、やんだと思ってやっとのことで外に出て雪をかくと、またふりはじめて同じことがくりかえされる。天気のせいで、フローおばさんはおとむらいの仕事がほとんどできなかった。

寒くて暗い日々のあいだ、あたしはおばさんが天から与えられたといっていた仕事について何度も考えた。おばさんといっしょにポールソンさんの家に行った夜のことを思い出す。あれ以来《いらい》、死んだ人の埋葬《まいそう》のしたくに対する考えが、がらっとかわってしまった。あたしは、心のなかにわきあがっている質問をするのがこわかった。もうすぐ冬もおわるころになってやっと、勇気《ゆうき》をふるいおこした。

どんよりとした寒い日、あたしはやっと、その質問を口にした。あたしはこんろの近くにすわって、白い糸を一本、足元に長くたらして編み物の練習をしていた。フローおばさんは近くに立って、テーブルの上でパンの生地《きじ》を混ぜていた。厚ぼったい手で、小麦粉をこねている。

「女の人がおとむらい師になろうって決心するのは、ふつう、どんなとき？」

「うーん、はっきりとはいえないけれど……わたしの場合、母のあとをついだだけだから。そうするのが自然だと思えたの」おばさんは、あたしの編み目をながめていった。「もっと細かくしたほうがいいわ」

「自分がそういう仕事にむいているって、いつわかったの？」そうききながら、あたしはうっかり編み目を落とした。

「大人になるにつれてわかってくるものよ」

「でも、もしまちがってたら？」

「それも、時間とともにわかるものよ」おばさんはビスケットの生地を混ぜるのをやめて、あたしをふしぎそうな目で見つめた。「どうしてそんなにいろいろきくの？」

「知りたいの」

「知るためには、方法はひとつしかないわ」おばさんは、かがみこんでいった。「助手がほしいの」

「えっ、だめだよ。あたしにはむり」あたしは首をふった。

「どうして？」

「できる自信がないから」

おばさんは、ちょっとおもしろがっているような顔で、横目であたしをちらりと見た。

「わたしはそうは思わないけど」そして、粉だらけの手で顔にはりついた髪《かみ》をはらった。

「しばらく考えてみて。でも、手つだってくれれば、疑問はきっとすべて解決するはずよ」

どうしよう……あたしは考えた。おばさんは、いいかげんなお世辞《せじ》をいったりしない。おばさんがあたしならできるというなら、心からそう思っているんだろう。おばさんの仕事を手つだえばきっと、おとむらい師についていろいろわかってくるはずだ。

一週間、ああでもないこうでもないとシーソーみたいに考えが行ったり来たりしたあげく、あたしは、もっと知りたいという気持ちを優先《ゆうせん》させようと決めた。

「フローおばさん、あたし、助手をやる気になった」あたしは、夕食のあときっぱりいった。

「はじめのうちは、よく観察《かんさつ》していて。見ながらおぼえるのよ。手つだってもらうのはそれからね」おばさんは、ため息をついた。「ただし、この冬は呼ばれそうにないわ」

だけど一週間もしないうちに、スコットという青年がおばさんを呼びにきた。父親が、庭の池にはった氷が割れて落ちてしまったそうだ。あたしはおばさんにくっついていき、おとむらいのしたくをながめた。おばさんが魔法《まほう》のようにてきぱき仕事をするのを、じゃまにならないように見ていた。

一月のなかば、おばさんはまた、おとむらいに呼ばれた。今度は、少しだけ手つだわせてもらえた。ゆりかごのなかに横たわっているのは、お人形みたいな男の子だった。顔がつるつるで、まつげが長い。だけど赤ちゃんをじっと見ても、こわいとは思わなかった。あたしはおばさんに銅貨《どうか》をわたして、ハーブとスパイスを水にとかした。それから、赤ちゃんに着せるきゃしゃなレースでふちどられたガウンを手わたした。赤ちゃんのお母さんは、ガウンにくるまれた小さい体をもう一度抱きしめてから、小型の棺《ひつぎ》に寝かせた。

二週間後、あるおばあさんが亡《な》くなった。体がしぼんで小さくなっていて、百歳近いように見えた。あたしが聖書《せいしょ》の言葉《ことば》を朗読《ろうどく》していると、おばあさんの親戚が小さい家のまわりに集まってきた。あたしの朗読をきいて、読み書きのできないたくさんの人たちがよろこんでくれた。頭《こうべ》をたれてきいるみんなが、だんだん心安らかになってくるのがわかる。顔に、おだやかな表情が浮かぶ。フローおばさんは、あたしには生まれもった思いやりの心があるといった。それは人から教わることができないものだ、と。

もしかして、あたしには素質《そしつ》があるのかもしれない……。

あたしはおばさんの手つきを、じっくり観察した。おばあさんのほっぺたとおでこに、バラの花びらの粉をちょっとずつおく。それから、おばあさんの両手をきちんと組ませて、あごの下のちょうどいい場所に枝をおいた。

パパがおばさんのために、埋葬の準備をするあいだ遺体《いたい》をのせておく「冷却《れいきゃく》ボード」をつくった。でも、背の高い人には長さが足りない。あたしがつきそった四番目のおとむらいは、背の高いドイツ人の農夫だった。家族の人たちがドアを一枚はずして、ボードのかわりにしなければならなかった。

おばさんは、だんだん有名になりはじめた。やってくるのは、町の人や近所の人だけではなくなってきた。この郡《ぐん》のいたるところから、人々がおばさんにおとむらいをたのみにきた。たまに、食べ物やちょっとした品物をもってくる人もいたけれど、たいていおばさんはお礼を受けとらなかった。おばさんは、自分の仕事は神さまからの贈《おく》り物だから、神さまにささげられるべきものだといった。いまになってあたしは、すばらしい才能だとエドワードがいっていた意味がわかってきた。

三月になるころには、もうすぐ十二歳になるあたしのことを、パパはかわったというようになった。

「おまえもすっかり大人《おとな》になってきたな」パパはブーツをみがき、ゆるんでしまったかかとを釘《くぎ》でとめながら、いった。このブーツのかかとがゆるんでパパが納屋《なや》から足をぬらしてもどってきたのは、二度目だ。

「お母さんが見たら、ほこらしいだろうな。フローおばさんの手つだいをよくしているし、何より庭の手入れをいっしょうけんめいやっているから」

あたしはうなずいて、雪がつもった庭を窓からながめた。

「今年は、庭もちょっとちがってくるはずだよ」あたしはパパにいった。

パパは、ブーツから顔をあげた。「どんなふうに？」

「ママはあたしに、ひとりで手入れをしてほしがってないだろうから。ひとりだけじゃ、とてもやりきれないし」

「ああ、そうだな」パパのくちびるには、かすかな笑みが浮かんでいた。

あたらしいおとむらい師

春の雨とともに、いろんなあたらしいことがはじまった。

「フローおばさん、はやくはやく」ある晴れた朝、あたしはおばさんをせきたてて外につれていった。「見せたいものがあるの」

「なんなの？」おばさんは、よからぬことが待っているんじゃないかと心配そうな声でいった。

あたしはおばさんの腕をつかんで、その場所に引っぱっていった。そこには、去年できた冬枯《ふゆが》れのトウモロコシが一本、残っていた。あたしはその大きなしなびたトウモロコシに、ピンク色のリボンを結んでおいた。

「なんなの、これは？」おばさんは、眉《まゆ》をつりあげた。わけがわからないという顔をしている。

「おばさんへのプレゼント」

「庭をプレゼントしてくれるの？」おばさんは、長いことあたしをじっと見つめていた。そして、目をうるませた。「お母さんにもらった庭でしょう。人にあげたりしちゃいけないわ」

「おばさんにあげたいの」

おばさんは、首を横にふった。「でも、どうして？」

「そうすれば、ママを手つだったみたいに、おばさんが庭の手入れをするのを手つだえるから」

おばさんは、あたしをぎゅっと抱きしめた。あたしも、おばさんの背中を強く抱いた。おばさんは、ママとはちがう。だけどおばさんは、ママになろうとはしていない。パパが、ママがいなくてさみしがっているのはわかってる。たぶんパパがおばさんにいてほしいと思うのは、あたしたちのめんどうをみてもらうためだけじゃないんだろう。しばらく、自分のめんどうもみてほしいと思っているのかもしれない。

そうかもしれないと考えはじめたら、だんだんぜったいにそうだと思えてきた。パパはまだ悲しんでいるけれど、前ほどではない。毎朝、笑顔を浮かべているし、夜中にロッキングチェアの音がきこえる回数もだんだん減ってきた。

数週間かけて、おばさんとメイとあたしは庭にたくさん種を植えるための計画を立てた。前よりも広く土を耕《たがや》して、肥《こ》やしを混ぜた。去年の秋にかわかしておいた花の種を分類して、庭をふちどる花壇《かだん》をつくろう。ホウキザクラがもう、しめった冷たい土から芽を出していた。おばさんとあたしは、とくべつなハーブの区画をつくった。そこに、タマネギやタイムやバジルやカミツレやニガクサのような、おとむらいや薬に使う植物と、染色《せんしょく》に使うスズランもいっしょに植えよう。アマも育てて、その糸でペチコートをつくるリネンを織るつもりだった。パパは、庭のはしっこにハコヤナギの木を植えた。

メイとあたしは、庭をどんなふうにするか、細かく計画を立てた。平べったい白い石をたくさんひろって、歩くための小道をつくった。パパが、庭の真ん中におく小さい木のベンチをつくってくれた。あたしたちは、ママの思い出に、ユリもたくさん植えた。この庭はまちがいなく、この郡《ぐん》でいちばんすばらしい庭だ。パパも、芸術《げいじゅつ》作品だといった。

プレーリーも、ほかにはない庭をつくりあげていた。背の高い緑の草と、明るい黄色の花びらから黒い中心部がのぞいているマツカサギクのような色あざやかな野の花が、カンバスいっぱいに描《か》かれた絵のようだ。

その日、あたしは学校から帰ってきて、いい香りのする花でブーケをつくろうとはりきっていた。すると、パパが荷馬車《にばしゃ》に馬をつないであたしを待っているのが見えた。

「フローおばさんは今朝《けさ》、郡の反対側におとむらいをしに出かけて、あさっての午後までもどってこないんだ。しかし、旅の最中《さいちゅう》の家族の子どもが、肺炎で亡《な》くなったんだよ。その女の子の埋葬《まいそう》のしたくをしてくれる人をさがしているんだが、あまり時間がないそうなんだ。まだまだ、これから旅をつづけなければならんからな」パパは言葉《ことば》を切って、あたしを見つめた。

それからパパは、こほんと咳《せき》ばらいをしてから、話しはじめた。「イーヴィ、おまえがやると答えておいたよ」

「だってあたし、まだおとむらい師じゃない。フローおばさんの手つだいをしてるだけだよ」

「おまえがやらなかったら、だれがやるんだ?」

どうしよう?　あたしはためらった。「その子、女の子だっていった?」

パパはうなずいた。「ああ、三歳くらいだ」

あたしはむきをかえて家のなかに入ると、おばさんが使っている軟膏《なんこう》と粉、ブラシと銅貨《どうか》を数枚、見つけだして、ハンカチにくるんだ。それから聖書《せいしょ》をもって、パパといっしょに出かけた。

町から何キロか南にいったところに、家具や食料をたくさん積んだほこりだらけの馬車が二台、とまっていた。その横に、男の人と女の人と、子どもが三人、毛布《もうふ》の上に寝かされた女の子のまわりに集まっている。子どもたちは、泣いているお母さんのスカートにしがみついている。お父さんの顔は、ショックと悲しみでいっぱいだった。まるで、自分のせいで娘が命を落としたと思っているみたいだ。あたしは、その子をちらっと見た。ブロンドで、すごくきれいな顔だちをしている。

喉《のど》のあたりがぎゅっとしめつけられて、ふいにこわくなってきた。あたしみたいな子どもがひとりで、こんなことをできるはずがない。

「お子さんのお名前は？」あたしはたずねた。

「メアリー・エリザベスです」お母さんが答えた。

あたしは、お母さんの手をとって、そっとたずねた。「埋葬するときにどの服を着せたいですか?」

お母さんの目に涙があふれた。「この子がいちばん気に入っていたのは、わたしが去年のクリスマスにこしらえた白いワンピースです。いま、とってきます」

お母さんがワンピースをとってくると、家族はあたしが作業《さぎょう》を進められるようにその場をはなれた。あたしはハンカチをひらいて、包んでいたものをひとつずつそっととりだした。髪を洗う時間はないから、布をしめらせて顔をきれいにぬぐった。「あたしと同じ、茶色い瞳だ」あたしは、涙をこらえながら口に出していってみた。「フローおばさん、どうしてここにいてくれないの?」

あたしは、メアリー・エリザベスの家族のことを考えながら必死《ひっし》でがんばった。この子の家族は、このつらいときを乗り切るための助けをあたしに求めてるんだ。

あたしは教わったことをいっしょうけんめい思い出しながら、おばさんがそばにいるつもりになろうとした。メアリー・エリザベスの着ていたガウンをぬがせ、白いワンピースを着せる。それから、もつれた髪をとかし、指をつかって粉を顔にはたいて、できるだけ自然に見えるように肌になじませた。そして、目を閉じさせると、銅貨を一枚ずつ、おいた。軟膏をとりだして、とくに香りのいいものを首にぬり、Y字型の小枝で小さい顔をささえた。やりおえると、あたしはメアリー・エリザベスをじっと見下ろした。涙があふれてとまらなかった。

「もっとちゃんとしてもらえたはずなのに」あたしは静かに泣いた。「あたしなんかじゃなくて、経験《けいけん》をつんだ女の人におとむらいのしたくをしてもらえたのに」

あたしはもってきた聖書をひらいて、家族のために何節か読みあげた。それから家族は、メアリー・エリザベスを道ばたに立つカエデの下に埋《う》めた。そして、その名前と誕《たん》生日《じょうび》をきざんだ木の十字架《じゅうじか》を立てて、お墓にした。

出発する前、メアリー・エリザベスのお母さんが細くてきれいな鎖《くさり》につけた小さい貝がらをとりだした。「メアリー・エリザベスが、大西洋の海岸でこれをひろったんです。あなたがもっていてくださったら、あの子もよろこぶはずです」お母さんはそういって、あたしの手にその貝がらをのせた。「あなたのご親切は、けっして忘れません。ありがとうございます」

うけつがれるもの

日曜日、教会の礼拝《れいはい》のあと、あたしたちは家族でママのお墓がある墓地《ぼち》に行った。パパは、ママのお墓に立てた石の十字架《じゅうじか》のまわりに生えた長い草をむしった。メイは、お墓の両わきにティモシーをぱらぱらとまいた。フローおばさんは、聖書《せいしょ》の一節を朗読《ろうどく》した。

「ママ、会いたいよ」あたしは、頭をさげてささやいた。そしてひざまずいて、ママのお墓にユリの花束をそなえた。顔を上げてまぶしい日ざしに目を細めたとき、遠くのほうに、一匹の動物が見えた。高いマツの木のかげから、あたしをじっと見つめている。キツネみたいだ。あの子の耳にはきっと、白いブチがあるはずだ。

数か月後、あたしは庭の真ん中のベンチにひとりですわっていた。午後おそい、静かな時間だ。メイはハコヤナギの木の下で昼寝《ひるね》をしているし、フローおばさんはキッチンでせっせとはたらいている。パパは、畑に出ている。あたしのまわりには、ママのユリといっしょにハーブの香りがただよっていた。

フローおばさんといっしょにくらすようになって一年、ママが亡《な》くなってから一年ちょっとがすぎた。ふと顔をあげると、午後の日ざしのなかにぼんやり、ママの姿が見えた。キャベツのほうにかがみこんで、いつものようにかぶっている帽子《ぼうし》に光が当たっている。えっ、ママなの？　目をごしごしこすってよく見ると、木の枝が影をつくって目のさっかくを起こしたんだと気づいた。ママの帽子に見えたのは、風にそよぐジギタリスとむらさきのバーベナだった。でも、ママはやっぱりここにいる。はっきりと、ママがいるのを感じる。ほっぺたをなでる風を感じるように。ママは、この庭の一部だ。フローおばさんがもうこの庭の一部になったのと同じように。メイとパパとあたしも同じだ。

あたしは、首にかけた貝がらのペンダントをさわってみた。メアリー・エリザベスのお母さんにもらってから、一度もはずしてない。あたしはベンチにすわったまま考えた。そうか、おとむらいって、庭の手入れに似てるんだな。どちらも、生きている人と亡くなった人に、ほんの少しだけ安らぎをあたえる。ママは、命は土から生まれる、といった。おばさんは、命は土にかえっていく、といっていた。どちらも、正しいことをいったんだ。

著者あとがき

わたしの曾祖母《そうそぼ》は、ミネソタ州サラトガのクルックドクリーク・ヴァレーの近くで育ちました。「大おばあちゃん」は、よく自分の大家族の話をしてくれました。家からあんまり遠くはなれたところまで勝手《かって》に行くとムチで打たれたことや、五歳の娘を亡《な》くしたことなどです。わたしのいちばんの発見は、曾祖母の母、レイチェル・コーネリアスの日記を見つけたことです。そこに書かれた一八七〇年代のカレドニアでの生活の記録のおかげで、わたしはイーヴィが体験したような日々のできごとを理解することができました。

クルックドクリーク・ヴァレーは、スコットランドやドイツやノルウェーからきた開《かい》拓者《たくしゃ》にとって魅力的《みりょくてき》でした。その豊かな土地には、野生の七面鳥《しちめんちょう》や魚がたくさんいました。ブルーベリーやラズベリーも、夏にはたくさんとれました。カレドニアの人々は、自分たちの町が進歩的で、ミネソタが州になる五年前にできたということを、ほこりにしていました。

『ミネソタ州の農夫の日記』という本とデーヴ・ウッドという開拓者の日記のおかげで、農夫の生活がきびしく、天候にかなり左右されていたことを知りました。けれども、開拓者たちには楽しんだり教会に行ったりする時間があったということも書かれていたので、わたしはイーヴィの物語にそういう要素ももりこもうと思いました。

おとむらい師という仕事をしている女性の話をはじめて読んだのは、息子が手術をおえたばかりの病室につきそっているときでした。そのとき、わたしはそれなりに衝撃《しょうげき》を受けましたが、同時に強くひきつけられました。この伝統的《でんとうてき》な仕事についてはあまり多くの記述《きじゅつ》はありませんが、プレーリーで書かれたたくさんの日記に出てくるので、一般的におこなわれていたように思えました。

一八〇〇年代のおわりまでは、人が亡くなると、「おとむらい師」を呼んで、遺体《いたい》の埋葬《まいそう》の準備《じゅんび》をたのみました（または、おとむらい師を呼べないときは、近所の親切な女性がその仕事を引きうけました）。棺《ひつぎ》は、家族がつくるのがふつうでした。斎場《さいじょう》や葬儀《そうぎ》屋《や》はなかったので、死者の埋葬のしたくをすることは、開拓者にとって日常生活の一部だったのです。

死者は、家のリビングで見守られました。家族は、亡くなった人をけっしてひとりにはしませんでした。信仰《しんこう》からくる恐れのためと、ネズミやほかの動物を近づけないためと、亡くなった人が生き返るかもしれないというかすかな希望のためです。ときどき、埋葬する前に死者が息をふきかえすことがありました。めったにないことでしたが、このように早まった埋葬をしてしまうといけないので、参列者のなかには遺体の指に地上の鈴とつながっている糸を巻く人もいました。

「おとむらい《シュラウディング》」というのはもともと、埋葬をするために遺体に布を巻くことです。女性が埋葬のしたくをするという慣習《かんしゅう》は、イエス・キリストの時代からおこなわれていました。死者を布に包んで埋葬する技術は、世代から世代へとうけつがれました。ほとんどのおとむらい師は、お礼のお金を受けとりませんでしたが、地域《ちいき》社会のなかで「死者に対する最後の聖なる務《つと》め」をおこなう人として尊敬されていました。

イリノイ・ウエスリアン大学の社会学のジョージアン・ランドブラッド教授はおとむらいの伝統を研究し、発見したことをわたしに教えてくれました。一七〇〇年代後半にニューイングランドでくらしていた、マーサ・バラードのような多くの女性が、埋葬のしたくとともに、産婆《さんば》の仕事をしていました。ほかに、一八〇〇年代後半に南部でくらしていた、ウィリー・メイ・カートライトの母親のような女性は、おとむらいの仕事だけをする数少ないおとむらい師でした。イーヴィのように、ウィリー・メイは子どものころ、母親に何度かつきそって、助手をしていました。女の子たちはまた、亡くなった家族を追悼《ついとう》するために絵を刺繍《ししゅう》しました。イーヴィがしていた刺繍もそういったものです。

南北戦争のあいだに、遺体に防腐処置《ぼうふしょち》をする技術が発達して、葬儀の準備が収益《しゅうえき》を得られる事業にかわりました。かつては女性たちによっておこなわれていた仕事が、あっという間に男性の職業になりました。女性はとつぜん、か弱くてそうした仕事にはむかない、とされてしまいました。しかし、田舎《いなか》ではまだ何年も、おとむらいのしきたりはつづいていました。本書でわたしは、今世紀に入って忘れ去られてしまったゆたかな伝統を書きとどめておきたいと思いました。その伝統が歴史上でしめる役割《やくわり》は、とても重要なものです。

訳者あとがき

この作品の舞台は、アメリカ合衆国ミネソタ州の大自然のなか、時代は十九世紀なかばです。主人公の少女、イーヴィは、父親と妹のメイと三人で暮らしています。母親の死を受けいれることができないうちに、父親の姉、フローおばさんがいっしょに暮らすためにやってきます。「おとむらい師」という得体《えたい》の知れない仕事をしているおばさんに嫌悪感《けんおかん》をいだき、反発しつづけるのですが、決して押しつけることをしないおばさんのあたたかさやきびしさにふれるうちに少しずつ気持ちが変化していき、大切なことに気づきます。まさにＴＶドラマの『大草原の小さな家』を思い出させるような美しいプレーリーのなかで成長していく少女を中心に、「死」と正面からむきあうことでくっきりと浮きあがる「生」の喜びが、あざやかにいきいきと描き出されています。

原題は *The Shrouding Woman* で、「死者を白布で包む女性」という意味ですが、本書では「おとむらい師」と訳し、女性に限られる仕事のため、タイトルは『とむらう女』としました。死者を清めて納棺《のうかん》の準備《じゅんび》をする（そして赤ん坊をとり上げるお産婆《さんば》の役目もする）この仕事は、「著者あとがき」にもあるように、葬儀産業《そうぎさんぎょう》の発達とともに消えていきましたが「人間の皮膚《ひふ》にふれるのは、人間の皮膚がいちばん」というフローおばさんの言葉《ことば》のとおり、遺体《いたい》を整えるという行為がどれほど清らかで気高いものか、訳者もあらためて気づかされました。冒頭《ぼうとう》のエミリー・ディキンソンの詩にも書かれているように、一般的な葬儀では、親族はいそがしすぎて悲しむ間もないことがあります。そのおかげで救われることも確かにありますが、人生をしっかり生きた人をきちんと送ることによって、そして悲しみを外に出すことによって、心の痛みを洗い流すようなおとむらいの仕方もすばらしいと思います。

イーヴィは、お母さんのことを忘れてしまったら大切なものが消えてなくなるのではないかと心配しますが、形が失われても永遠《えいえん》に残るものがあり、死はまた生の始まりだと気づくことで、死を自然に受けいれるようになります。嵐や寒さにさらされても必ずよみがえる植物の強さも、希望《きぼう》に満ちた生のすばらしさを教えてくれました。

最後になりましたが、翻訳するにあたっては多くの方々のお世話になりました。訳文にていねいに目を通して的確なアドバイスを下さった平田紀之さん、作品社の青木誠也さん、この小さい宝石のような物語を紹介して下さった金原瑞人先生に、心から感謝いたします。

二〇〇九年十一月

代田亜香子

選者のことば

一九七〇年代後半、アメリカで生まれて英語圏の国々に広がっていった「ヤングアダルト」というジャンル、日本でもここ十年ほどの間にしっかり根付いて、多くのヤングアダルト小説が翻訳されるようになってきた。長いこと、このジャンルの作品を紹介してきた翻訳者のひとりとしてとてもうれしい。

そして今回、作品社から新しいシリーズが誕生《たんじょう》することになった。このシリーズ、これまでぼくが翻訳・紹介に携《たずさ》わってきたロバート・ニュートン・ペックの『豚の死なない日』やシンシア・カドハタの『きらきら』のような作品を中心に置きたいと考えている。

つまり、作品の古い新しいに関係なく、海外で売れている売れていないに関係なく、賞を取っている取っていないに関係なく、読みごたえのある小説のみを出していくということだ。

そのためには自分たちの感性を頼りに、こつこつ一冊ずつ読んでいくしかない。しかしその努力は必ず報《むく》われるにちがいない……と信じて、一冊ずつ、納得《なっとく》のいく本を出していきたいと思う。

金原瑞人

【著者・訳者・選者略歴】

ロレッタ・エルスワース（Loretta Ellsworth）

元教師で四児の母。ミネソタ州レイクビル在住。他の著書に
In Search of Mockingbird, In a Heartbeat

代田亜香子（だいた・あかこ）

神奈川県生まれ。立教大学英米文学科卒業後、会社員を経て翻訳家に。訳書に『きらきら』、『オリーブの海』（以上白水社）など。

金原瑞人（かねはら・みずひと）

岡山市生まれ。法政大学教授・翻訳家。ヤングアダルト小説を中心に、海外文学作品の紹介者として不動の人気を誇る。著書・訳書多数。

とむらう女

2009年11月30日初版第1刷発行
2014年 3 月30日初版第3刷発行

著　者　ロレッタ・エルスワース
訳　者　代田亜香子
選　者　金原瑞人
発行者　髙木 有
発行所　株式会社作品社
〒102-0072　東京都千代田区飯田橋2-7-4
TEL. 03-3262-9753　FAX. 03-3262-9757
http://www.tssplaza.co.jp/sakuhinsha/
振替口座00160-3-27183

装　幀　水崎真奈美（BOTANICA）
装　画　西岡ゆき
本文組版　前田奈々（あむ）
印刷・製本　シナノ印刷株式会社

ISBN978-4-86182-267-4 C0097

【金原瑞人選オールタイム・ベストYAシリーズ】

希望《ホープ》のいる町

ジョーン・バウアー 著　中田香 訳

ウェイトレスをしながら高校に通う少女が、
名コックのおばさんと一緒に小さな町の町長選で正義感に燃えて大活躍。
ニューベリー賞オナー賞に輝く、元気の出る小説。
全国学校図書館協議会選定第43回夏休みの本（緑陰図書）。

ISBN978-4-86182-278-0

私は売られてきた

パトリシア・マコーミック 著　代田亜香子 訳

貧困ゆえに、わずかな金でネパールの寒村から
インドの町へと親に売られた13歳の少女。
衝撃的な事実を描きながら、深い叙情性をたたえた感動の書。
全米図書賞候補作、グスタフ・ハイネマン平和賞受賞作。

ISBN978-4-86182-281-0

ユミとソールの10か月

クリスティーナ・ガルシア著　小田原智美訳

ときどき、なにもかも永遠に変わらなければいいのにって思うことない？
学校のオーケストラとパンクロックとサーフィンこよなく愛する日系少女ユミ。
大好きな祖父のソールが不治の病に侵されていると知ったとき、
ユミは彼の口からその歩んできた人生の話を聞くことにした……。
つらいときに前に進む勇気を与えてくれる物語。

ISBN978-4-86182-336-7

シーグと拳銃と黄金の謎

マーカス・セジウィック著　小田原智美訳

すべてはゴールドラッシュに沸くアラスカで始まった！
酷寒の北極圏に暮らす一家を襲う恐怖と、
それに立ち向かう少年の勇気を迫真の文体で描くYAサスペンス。
カーネギー賞最終候補作、プリンツ賞オナーブック。

ISBN978-4-86182-371-8